어머니에게 드리는 100가지 질문

100 Questions to My Mother

모리야 다케시 글 | 홍성민 옮김

어머니, 처음으로 묻습니다.

당신의 인생을.

"다음은 피디님의 건배사가 있겠습니다!"

2008년 가을, 삿포로.

한 달 가까이 이어진 촬영을 모두 마친 어느 날. 배우, 스태프들과 작은 파티를 열었다.

"여러분, 그동안 수고 많으셨습니다. 오늘은 마음껏 마십시다!"

창밖으로는 스스키노(삿포로시의 번화가—옮긴이)의 가로등이 보였다.

"건배!"

수십 명이 서로 술잔을 부딪치며 건배를 외치고, 요란한

박수와 함께 파티가 시작되었다.

촬영을 시작하면 한 달 가까이 집을 비울 때가 많다. 나는 영화와 드라마 프로듀서다.

'프로듀서? 프로듀서가 뭐지?' 하고 어떤 일을 하는지 잘 모르겠다는 사람도 많을 것이다. 사실, 일의 내용은 상당히 잡다해서 감독의 일과는 비교가 안 될 만큼 폭넓다. 어떻게 설명해야 좋을까? 쉽게 말해 '모든 책임을 지는 일'이라고 생각하면 된다. 프로듀서는 작품을 위해서라면 뭐든 한다. 한마디로 만물상이다.

파티가 시작되고 한 시간쯤 지났을까. 테이블 위에 놓인 휴대전화의 진동음이 요란하다.

"여보세요."

"…여보세요."

"어, 무슨 일이야?"

"…낳았어."

"뭐? 잘 안 들려. 잠깐만."

일단 술집 밖으로 나갔다.

"미안."

"무사히 아기 낳았다구. 한 시간 전쯤에… 아들이야. 아주 건강해."

아내의 전화였다.

그랬다. 정확히 기억나지는 않지만 이맘때가 예정일이었을 것이다. 한 달이나 집을 비워도 불평 한마디 없이 혼자 출산할 만큼 든든한 내 아내. 늘 면목이 없다.

한 시간 전. 내가 한창 건배를 외칠 때 아들이 태어났다. 큰 아이인 딸의 육아도 전부 아내가 도맡았었다. 덕분에 한창 열심히 뛰어다닐 30대를 오로지 일에만 몰두할 수 있었다.

이번에 태어난 것은 아들이다.

아버지로서 아들을 어떻게 키워야 할까? 아버지와 아들. 나에게는 그와 관련된 기억이 전혀 없다. 어릴 적부터 아버지라는 존재와 함께한 기억이 없기 때문이다. 그것은 어머니의 삶에서 기인한 것이라 나로서는 어쩔 수 없는 일이다.

아들이 생기니 앞으로 어떻게 키우고 대해야 할지 조금 불안해졌다. 솔직히 말하면 희미한 아버지와의 기억을 찾기보다 나에게는 아버지의 역할까지 도맡아 해준 어머니가 어떻게 살아왔는지 그 인생에 흥미가 있다.

사람은 누구나 어머니로부터 태어난다. 누구도 그것을 거역할 수는 없다. 그렇게 우리에게는 저마다 어머니가 있다.

'모든 남자는 마마보이'라고 누군가 말했는데, 그렇게 남자들은 평생 어머니와의 연결고리를 찾으며 사는 존재가 아닐까. 그러나 자신이 태어난 이유나 그전의 어머니의 인생에 대해서는 쉽게 들을 수 없는 것이 사실이다. 특히, 아들에게 있어서는 더욱 그렇다.

시기가 딱 좋다.

나의 프로듀서 근성이 발동했다. 그래, 어머니에게 질문을 해보자. 어머니의 인생에 질문을 던져보자. 자신의 기억도 더듬으면서 내가 몰랐던 어머니의 인생과 마음을 이렇게 들어보자. 어머니와 아들의 인생 공약수에서 나의 미래를 발견할 수 있을지도 모른다.

제목은 이렇다.

《어머니에게 드리는 100가지 질문》

내가 봐도 나쁘지 않다.

자, 취재를 시작하자.

◉

"무슨 소리야, 나를 취재한다고?"

수화기 너머로 아이치현 사투리가 묻어나는 어머니의 목소리가 들렸다.

"엄마 인생 같은 게 책이 될까? 뭐 특별히 드라마틱한 게 없는데."

그렇지 않다. 어머니의 인생은 당시 여성의 삶치고는 상당히 진보적이었다. 적어도 내가 아는 젊은 시절의 어머니는 그랬다.

"아무튼 생각 나는 대로 질문을 적어 틈틈이 보낼게요. 시간 나실 때 질문에 답을 써서 보내주세요."

"알았다. 그만 끊자, 바이바이!"

어머니와 헤어져 살게 되면서 통화를 마칠 때는 늘 이런 식이다.

"바이바이!"

언제나 밝은 목소리.

어머니는 항상 그랬다.

❂

"어머니, 지금 행복하세요?"

내가 어머니께 가장 묻고 싶은 말이다. 그러나 내 기억 속 어머니에게는 비정한 질문이자 어리석은 질문이 된다. 내가 예상하는 어머니의 대답은 '아니다'일 것이다. 그렇기 때문에

11

지금부터 시작할 질문들은 그 이유를 확인하는 여행이라고 할 수 있다.

기억 속 나와 어머니를 떠올리며 궁금했던 것들을 적다 보니 질문은 어렵지 않게 100가지를 채우고도 남았다.

이렇게 많은 질문에 어머니는 어떤 답을 할까. 그 답에서 나는 무엇을 알게 되고, 무엇을 생각하고, 어머니와 나의 인생에서 무엇을 발견할 수 있을까. 기대가 차올라 가슴이 두근거렸다.

차
례

내가 태어나기 전의 어머니

1

어머니.

내가 태어나기 전의 어머니의 삶에 대해 짧게 들려주세요.

아들에게.

나는 1944년 12월 22일에 태어났다. 네 외할머니는
전쟁 중에 방공호에서 나를 낳으셨지. 지금 생각하면
정말 대단한 일이야. 덕분에 우리가 세상에 태어났으니
외할머니께 감사해야겠지.

2

어머니.

어머니는 어떤 청춘을 보내셨어요?

또, 어떤 사랑을 하셨어요?

아들에게.

돌아보면 청춘이라 할 수 있을지 어떨지 모를 만큼 짧은
시간이었다.

학생 시절에는 웅변대회에도 출전했고, 자청해서 후배의
응원 연설을 하기도 했지. 그러고 보면 나는 활발한
여장부 스타일이었다.

외모를 가꾸는 데 관심이 있어서 모델을 꿈 꾼 적도
있어. 18살 때는 나고야에 있는 화장품 회사에서
일하게 되었단다. 화장품에 대한 교육 지도 등을 하는
미용사였는데 정말 열심히 일했다. 20살 때는 이미
'선생님'이라고 불렸고, 성인의 날에도 일을 했을 만큼
지금 말하는 커리어우먼들처럼 내 일에 자신감을
가졌었지.

엄마가 처음 좋아한 사람은 가족끼리 왕래할 만큼
가깝게 지내던 네 외삼촌 친구였어. 그런데 그걸
사랑이라고 할 수 있을지는 모르겠구나.

그래도 엄마의 첫사랑은 그 사람으로 기억한다.

남자들한테 데이트 신청도 많이 받았는데 당시에는 하는

일도 있고, 내가 원래 그리 쉽게 사랑에 빠지는 성격은
아니었던 것 같아.

그런데 그 무렵, 네 외삼촌이 교통사고로 죽고 말았지.
이후 자연스레 내가 먼저 그 사람에게 헤어지자는 말을
꺼냈고 그 사람과는 그렇게 헤어졌다.

그게 내 첫사랑의 결말이구나.

내가 태어났을 때의 어머니, 친아버지

3
어머니.
내가 태어난 계기가 된 친아버지와는 어떻게 만났는지
가르쳐주세요.

아들에게.
네 친아버지는 화장품 회사에 영업직으로 입사한,
엄마보다 한 살 많은 남자였어. 사내결혼이었지.
오카자키에 있는 로쿠쇼 신사에서 식을 올렸다. 그날,
나는 분킨다카시마다(일본 전통혼례에서 신부의 높이 올린
머리―옮긴이)에 우치카케(신부의 혼례복―옮긴이)를 입었지.
요즘 말로 하면 네 아버지는 훈남이었어.
둘이 도요하시 신메이초에 화장품 영업소를 열었는데
그때 너를 가졌다. 그리고 네 외갓집 근처에 있는

산부인과에서 너를 낳았지.

1966년 2월 24일. 발렌타인데이 열흘 후, 이른 아침에

네가 태어났어.

4

어머니.

나를 낳았을 때 기분이 어땠어요?

그때 어떤 생각을 하셨어요?

아들에게.

네가 태어나서 나와 네 아버지는 정말 기뻤다.

부모니까 당연하지. 외할아버지, 외할머니에게도

네가 첫 손자였어. 외할아버지는 매일 퇴근길에

히가시오카자키역 근처에 있는 우리집에 들러 너를 품에

안고 가만히 바라보다 가셨지.

엄마는 그때 정말 행복했다.

5

어머니.

나는 어떤 아기였어요? 어머니를 힘들게 하지는

않았나요?

아들에게.

너는 하얀 피부에 눈이 커다란, 주위에 자랑하고 싶은

귀여운 아기였어. 너를 유모차에 태우고 친한 동네

아주머니들과 모여 즐거운 시간을 보내곤 했단다.

모유를 먹였는데 쉽게 젖을 떼지 못해 한동안 애를

먹었지. 하지만 신께 감사드릴 만큼 너는 순한 아기였어.

엄마는 너를 볼 때마다 진심으로 네가 태어나줘서

고맙다고 생각했다.

6

어머니.

그때 나는 어머니에게 어떤 존재였어요?

아들에게.

나에게 너는 무엇과도 바꿀 수 없는 보물이었어. 무슨 일이
있어도 네 아버지와 헤어지지 말았어야 했는데…. 지금
돌이켜 보면 내가 참아야 했다.

첫

대
면

2008년 가을.

삿포로 야외촬영에서 돌아와 곧바로 공항에서 아내가 있는 병원으로 직행했다.

집 근처 역에서 두 정거장 떨어진 곳에 있는 대학병원이었다. 산부인과 병동에는 평온하고 부드러운 공기가 흐르고 있었다. 병실 문을 열자 수척한 아내의 얼굴이 보였다.

"다녀왔어."

"어서 와."

아내 옆에는 새근새근 잠들어 있는, 아들이 있었다.

"애가 커서 쉽게 나오질 않는 거야. 선생님이 배 위에 올라타고 손으로 밀어내서 간신히 낳았어, 이 아이."

"그랬구나…, 그랬구나…."

"왜 그래?"

"옆에 있어줘야 했는데, 미안해."

"늘 그러면서 뭘."

그렇게 말하며 아내는 살짝 웃었다.

"간호사 선생님들이 아기가 잘생겼다고 난리였어."

나도 웃었다.

일밖에 모르는 나는 아이들에게는 꼭 필요할 때 옆에 없는 아버지다.

큰딸의 운동회, 피아노 발표회 때도 처음에만 살짝 얼굴을 비치고 일하러 갔다. 아이가 달리기에서 몇 등을 했는지, 피아노는 끝까지 잘 연주했는지 등등의 결과는 전부 아내한테 전해 들었다.

어른이 되면 어릴 때 느꼈던 그 기분을 잊어버린다. 어쩔 수 없다. 그런 행동을 반성하지 않고 일에만 몰두한 나는 분명히 내 아이와 가족에게 많은 상처를 주었을 것이다.

'앞으로는 아빠가 가능한 한 네 옆에 있을게.'

갓 태어난 아들의 얼굴을 보며 속으로 다짐했다.

"잘 부탁한다. 내가 네 아빠야."

나는 말뿐인 아빠가 아닌, 진짜 아빠가 될 수 있을까.

아버지의 외도

7

어머니.

친아버지는 어떤 분이었어요?

아들에게.

이건 네가 가장 알고 싶은 이야기겠지. 네 아버지는
1943년 생으로, 니가타가 고향이다. 아주 의젓하고
자상한 사람이었어. 여자들한테 꽤 인기가 많았을 거야.
네가 태어났을 무렵에는 《아메리카나 백과사전》(미국의
대표적인 백과사전—옮긴이) 영업 일을 했지. 그 후에는
주택회사 영업을 했고. 아무튼 자기 일에는 무척 성실한
사람이었어. 외모는 어른이 된 지금의 너와 똑같아. 물론
넌 엄마도 닮았지만. 네 아버지는 지금 인테리어 일을
하고 있다고 들었다.

8

어머니.

어머니는 그분을 사랑하셨어요?

아들에게.

당연하지. 네 아버지를 많이 사랑했어. 하지만 용서할

수는 없었다. 어느 날, 아버지의 상사가 나를 부르더니

"매일같이 어떤 여자가 회사에 있는 당신 남편에게

전화를 합니다. 알고 있는 건가요?"라고 묻더구나.

그 여자는 네 아버지보다 6살 연상에 결혼해서 아이도

있었어. 나는 그 사람 집에 찾아가 바닥에 무릎을 꿇고

머리를 숙였지. 그건 너와 갓 태어난 네 남동생을

위해서였다.

"그이는 내게 중요한 사람이에요. 아이들을 위해서도

제발 헤어져주세요."

그 사람은 엄마처럼 화장품 영업소를 하면서 집

한쪽에 작은 공간을 만들어 술집을 열었는데, 상당한

미인이었어. 아마 돈도 꽤 있었을 거야.

나는 그때 고작 25살이었다. 어린 자식이 둘이나 되는데

생활력도 없고…. 그냥 눈물만 흘릴 수밖에 없었지.

"부인에게 졌어요. 헤어질게요. 그런데 나, 정말 그 사람
사랑하고 있어요."
그 여자의 말에 나는 "당신 같은 분의 사랑을
받다니 남편은 행복한 사람이에요. 하지만 남편은
아이들과 내게 정말 소중한 사람입니다. 약속대로 꼭
헤어져주세요" 하고 고개를 숙였지.
지금 생각해도 눈물이 난다.

9
어머니.
아버지와의 결혼생활은 행복했나요?

아들에게.
네가 태어나고 한동안은 정말 행복했어. 그 무렵 네
아버지는 생활력이 없어서 이 일 저 일을 전전하고
있었지. 그때는 외할아버지 집에서 살았는데
외할아버지와 네 아버지는 사이가 좋지 않았어. 엄마는
늘 두 사람의 눈치를 봐야만 했지. 그러나 돌아보니 네
아버지는 건실한 사람이었다. 가족을 소중히 생각했어.

내가 참았으면 좋았을걸. 그랬다면 너희를 힘들게 하지
않았을 텐데…. 정말 미안하구나.

●

나는 친아버지와의 추억이 없다. 아버지의 이름은 알지
만 부모님이 이혼한 후 지금까지 한 번도 만나지 않았다. 사실
'만나볼까'란 생각조차 안 했지만, 아버지를 볼 수 있는 기회
를 스스로 차버린 적도 있다. 그러나 그 일에 대해 후회도 하
지 않고, 다시 만나고 싶은 생각도 없다.

한번은 이전에 연출을 맡았던 드라마에 나와 똑같은 처지
의 주인공을 설정한 적이 있다. 그리고 주인공이 25살 때 부모
의 비극적인 사랑에 대한 사정을 알게 되어 직접 아버지를 만
나러 가는 장면을 일부러 만들었다. 아버지가 주인공에게 내
민 명함에는 내 친아버지의 이름을 인쇄했다. 그 장면이 TV
화면에 크게 비쳐졌을 때 '혹시 아버지가 보지 않을까' 하는
작은 기대도 했다.

그러나 연락이 올 리 없었다. 20살 때 내가 아버지를 거절
했으니까. 30년 동안 그렇게 생각했다. 어머니를 따라가겠다
고, 내 스스로 그렇게 선택했으니까.

어머니가 이혼했을 때

10

어머니.

그때 나는 3살이어서 정확한 기억도 없어요. 내가 집
앞에 서 있는 자가용 지붕 위에 오도카니 앉아 있는
흑백사진밖에 본 적이 없어요. 왜 이혼하셨어요?

아들에게.

그때는 우리가 단독주택에 살고 있었고 너는 대학
부속유치원에 다녔어. 매일 집 앞까지 오는 유치원
버스를 타고 다녔지. 멀어지는 버스를 보며 엄마는 네가
걱정되어 울기도 했단다. 행복한 시간은 잠시였어.
결국 네 아버지의 배신을 도저히 용서할 수 없었다.
엄마의 진짜 마음은 헤어지고 싶지 않았지만… 결국에는
이혼을 결심했다.

11

어머니.

아버지와 헤어질 때 왜 나와 동생을 데리고 가셨어요?

우리가 어머니를 힘들게 하지는 않았나요?

아들에게.

내가 너희들의 친권을 갖는 것이 이혼 조건이었어.

너희만 있으면 열심히 살 수 있을 거라고 생각했단다.

너는 모르겠지만 네가 아기였을 때 입었던

롬퍼스(위아래가 붙은 유아복—옮긴이)랑 네 옷들은 전부

엄마가 직접 재봉틀을 돌려서 만든 거야.

엄마로서 그런 일에 행복을 느꼈기 때문에 절대 너희를

포기할 수 없었어. 그래서 너희를 짐이라고 생각한 적은

단 한 번도 없다. 오히려 엄마가 그때 너희를 포기하지

않아서 너희를 힘들게 한 게 아닐까….

나는 지금도 그런 생각으로 마음이 아프다.

새아버지, 의문의 기억

12
어머니.
지금도 가끔 기억 속에 떠오르는 풍경이 있어요. 조그만
아파트의 1층에 사는 우리 가족. 맞은편 큰 집에선 자주
개가 짖곤 했어요. 근처에는 검푸른 바닥의 테니스 코트가
있었고, 그 맞은편에는 학교가 있었구요. 어머니도 이
풍경을 기억하세요?

아들에게.
오카자키의 무쓰나 초등학교 근처에 살았던 때네. 아파트
1층에서 엄마랑 너희 둘, 그리고 어떤 아저씨가 살았지.

13

어머니.

그때 함께 살았던 아저씨는 누구였어요?

아들에게.

그 아저씨는 엄마를 아껴주었던 사람이야. 너희 둘을

데리고 자기 집에 와도 좋다고 말해 줬지. 네 친아버지와

살았을 때도 우리집에 자주 오곤 했던 재봉틀 회사의

영업 사원이었는데 이혼 후 혼자 살고 있었지. 나에게

매우 호의적이었어.

네 아버지와 헤어지고 나서 어쩔 수 없이 친정으로

들어갔는데, 아이 둘을 데리고 경제력도 없던 나로서는

모든 걸 부모님에게 기댈 수밖에 없었어. 그런 상황에서

특히 외할머니가 많이 힘드셨을 거야. 외할아버지는

너를 무척 귀여워하셨다.

그런데 네 동생은 아직 너무 어려서 툭하면 좁은 방에서

버둥거리며 울었지. 그래서 밥을 먹을 때면 몇 번이나

밖으로 데리고 나가 달래야 했어.

지쳐버린 나는 친정에서 나가자고 결심했다.

14

어머니.

그때 어머니는 어떤 생각으로 그분과 지내셨어요?

아들에게.

그 사람은 참 좋은 사람이었어. 그러나 사실 엄마는 그
사람에게 별다른 애정이 없었다. 그래, 나는 비겁했어.
하지만 그 사람은 너희 둘을 진심으로 귀여워해줬지.
문득 그 사람의 호의에 기대는 나를 깨닫고
자립해야겠다고 생각했어.
그래서 새 화장품 회사에 취직했단다. 일하지 않으면
먹고살 수 없다는 생각으로 너희를 보육원에 맡기고
일을 계속했어.

❂

어머니에게 묻지 않았더라면 알 수 없었던 사실….

그렇다, 내게는 4명의 아버지가 있었다. 3명은 이미 알고
있었다. 그런데 늘 어렴풋이 보였던 기억 속의 희미한 풍경은
알지 못했던 또 한 명의 아버지와 살았던 때의 장면이라는 것

을 알고, 나는 여성으로서의 어머니에 대한 뻔뻔함을 봐버린 것 같아 조금 씁쓸했다. 그러나 20대였던 어머니로서는 그런 선택을 하면서까지 어떻게든 자식을 키워야만 했을 것이다.

그리고 어머니와의 추억은 그 후 한동안 끊어졌다.

따로 떨어져 지낸 날들

1972년부터 3년 동안은 어머니를 거의 만나지 못했다.

내가 태어난 산부인과 근처의 외갓집은 그 당시 화장실이 재래식이었고 외할머니는 봉당(마루를 깔지 않은 흙바닥으로 된 공간─옮긴이)에 있는 부뚜막에서 밥을 지었다. 목욕은 대중목욕탕에서 해야만 했다. 초등학교에 진학할 무렵에는 뒷마당에 목욕탕을 만들었는데 어두운 밤에는 무서워서 혼자 씻을 수 없었다.

엄마의 남동생인 외삼촌 방으로 올라가는 계단 위에는 비틀스 포스터가 붙어 있었다. 밤이면 아래쪽에 있던 조명 빛에 존 레논 등 멤버 네 명의 얼굴이 드러나 보였다. 나는 어린 마음에 그것도 무서웠다. 그러나 외할아버지, 외할머니, 외삼촌 모두 성격이 밝아서 그 시절은 늘 웃으며 지냈다.

하지만 그때 어머니가 나와 헤어져서 어떻게 살았는지는 잘 몰랐다.

15

어머니.

그 후 한동안 어머니와 함께 지낸 기억이 없어요. 왜
우리는 따로 헤어져 살게 됐어요?

아들에게.

네가 초등학교에 들어갈 때 외갓집에 너를 맡겼어. 그건
엄마에게 정말 고통스러운 선택이었다. 일하는 내가
데리고 가서 고생시키는 것보다는 더 안심할 수 있다고
생각해서 외할머니에게 맡긴 거야.

16

어머니.

어느 순간부터 외갓집에 어머니 없이 나만 있었던 것
같아요. 외갓집에 나를 맡긴 기간은 어느 정도였어요? 또,
그동안 어머니의 마음은 어땠는지 알고 싶어요.

아들에게.

초등학교 1학년부터 3학년까지 오카자키에 있는

외갓집에 너를 맡겼어. 수업 참관일이나 담임선생님과의
면담에는 짬을 내서 엄마가 갔었지.

네가 '아버지의 날', 도화지에 엄마가 화장품 회사에서
일하는 모습을 그려준 게 기억나는구나. 어린 나이지만
네 나름대로 일하는 엄마로 봐주고 있다는 생각이
들어서 수업참관을 마치고 돌아가는 언덕길을 울면서
걸어 내려왔다.

어느 날, 선생님이 너에 대해 '눈물이 많은 아이'라고
하더구나. "엄마와 떨어져 살아서 외로워하는 것
같다"고도 하셨지.

널 보러 외갓집에 가면 헤어질 때, 내가 탄 차 뒤에서
하염없이 손을 흔들며 지켜봐주었지. 외할아버지,
외할머니가 널 예뻐해 줘서 다행이라고 생각하며 위안을
삼았다. 하지만 엄마도 늘 너와 함께 있고 싶었다.

17

어머니.

우리와 헤어져 있는 동안 어머니는 어떤 일을 하셨어요?

아들에게.

화장품 회사에서 영업 교육을 했어. 남자에게 의지하는
성격이 아니어서 결국 내가 가정을 책임지는 입장이
되어버렸지.

네 동생을 업은 채 자전거에 짐을 싣고 화장품 영업,
가발 영업, 양복점 점원을 겹치기로 일했다. 너를 잊은
적은 한 번도 없었어.

18

어머니.

어머니에게 일을 한다는 것, 직업을 갖는다는 것은 어떤
의미였어요?

아들에게.

내가 일을 하고 직업을 가졌던 것은 생활을 위해서였어.
사회에 나가 일하고 성공하려면 책임감과 인내가
필요하지. 가족과 일 사이에 끼여 이러지도 저러지도
못하고, 회사라는 조직을 굴러가게 하는 수많은
톱니바퀴 중 하나에 불과하다는 생각이 스스로 들면서도

정말 성실하게 일했다.

화장품 회사에서 오사카에 2주 동안 연수를 갔을 때는
체험발표에서 전국 3위를 하기도 했지. 상사, 여성
영업소장들도 나의 직원 교육법을 기꺼이 공유해 줬어.
그렇게 일에서는 자신감이 있었다. 대신 너희를 외롭게
했지.

나는 '엄마'보다는 '아버지' 같은 삶을 살았던 건지도
모르겠다.

●

아버지 같은 삶…. 집안의 생계를 책임진 어머니의 고달팠
던 인생에 고개가 숙여진다. 나 역시 아버지가 되었는데, 과연
얼마나 아버지로서 살고 있다고 할 수 있을까. 가슴에 손을 얹
고 생각하니 마음이 불편하다.

두 아들의 어머니이자 아버지처럼 살았던 어머니에게 '여
성으로서의 삶'은 강한 바람이 되어 나타나게 된다. 물론 여자
라고 해서 결혼하고 집에서 살림하며 남편의 귀가를 기다리는
것만 행복은 아니다. 하지만 그때는 '싱글맘', '커리어우먼'이
라는 말도 없었던 시절이었다.

아

들

의

유

치

원

입

학

둘째인 아들이 태어나고 사내아이의 아버지가 된 나는 그전보다 더 열심히 일했다.

아내는 원래 내 일에는 잔소리를 하지 않는다. 오히려 조언을 해주곤 한다.

"요즘 TV에서 자주 보는 그 사람, 왠지 끌려", "대본 읽었는데 쉽게 안 읽히네"라는 식이다.

가족의 의견을 듣고 작품을 만드는 사람은 적지 않다. 그런 점에서 아내는 가장 가까운 시청자로, 다른 관점에서 나의 일을 지켜 볼 수 있는 사람이다.

그러나 내가 방송국을 그만 두고 독립한 후에는 그런 조언도 줄었다. '좋아하는 영화를 만들고 싶다', '나만의 작품으로 승부하겠다'고 기를 쓰며 일한 3년이라는 시간이 순식간에 지나갔다. 그 후에도 아내와 딸은 일하러 가는 나를 불평 한마디 없이 응원해 주었다.

2012년 봄.

어느새 아들은 3살이 되었다.

어머니와는 한동안 질문을 주고받지 않았다.

"양복을 입어야겠지?"

"입기 싫지? 그래도 오늘은 차려입어야만 해."

평소에 일할 때는 양복을 거의 안 입는데, 딸의 초등학교 졸업식 이후 오랜만에 옷장에서 양복을 꺼내들고 고민했다.

내일은 아들의 유치원 입학식이다. 딸이 다녔던 유치원에 아들도 다니게 되었다.

"아빠랑 엄마가 없으면 난 외톨이가 되는 거야."

13살이 된 딸이 던진 한마디에 나와 아내는 정신이 번쩍 들었다. '형제'를 원하는구나. 딸이 그렇게 말하고 1년 후에 아들이 태어났다. 확실히 외동아이는 외롭겠지.

만일 내가 어릴 적에 혼자였다면 어땠을까? 틀림없이 외로움에 몸도 마음도 짓이겨졌을 것이다.

입학식. 양복 차림에 비디오카메라. 스스로도 '오랜만에 아버지 노릇을 하는구나' 하고 생각한 나는 프로 근성을 발휘해 카메라를 돌렸다. 가족의 추억은 늘 비디오카메라 화면 속에서 본 것 같다. 딸 때도 그랬다.

유치원 원장선생님이 아들의 이름을 불렀다.

"네!"

우렁찬 대답 소리와 함께 자리에서 일어나는 아들의 모습에 눈시울이 뜨거워졌다. 눈물이 나, 뷰 파인더가 뿌예져서 흐릿해 보인다. 앞으로 살아가면서 우리 아이는 여러 감정을 체험할 것이다. 친구의 의미, 주위 사람들과 무언가를 만들어내는 것의 의미….

지금까지 아이와 함께했던 시간을 돌아보았다. 아버지로서 아들에게 전달해야 할 소중한 것들을 가르쳤나? 뭔가 빠뜨린 것은 아닐까? 의문인지 후회인지 알 수 없는 무언가가 계속해서 마음속을 오갔다.

어머니는? 우리 어머니는 어땠을까?

끊임없이 일하면서 나를 키운 어머니는 무슨 생각으로 살았을까?

다시 어머니에게 질문을 보내기로 했다.

가족이 다시 모이다

19

어머니.

초등학교 4학년 봄에 어머니가 나를 데리러 오셨죠? 왜
그때였어요?

아들에게.

그때 나는 가리야 지점으로 전근을 가게 되었어. 그렇게
되면 네가 있는 외갓집과 거리상으로 더 멀어지거든.
가족은 어떻게든 함께 살아야 한다고 생각해서 너를
데리러 갔었다.

20

어머니.

그때 어머니의 기분은 어땠어요?

아들에게.
너무 좋았어. 그러나 한편으로는 불안하기도 했다.

❂

1975년 봄.

여자 몸으로 혼자서 아들 둘을 키울 결심을 한 어머니는
친정에서 멀리 떨어진 가리야시市에 아파트를 빌려 화장품 관
련 일을 시작했다.

내 기억이 맞는다면 어머니와 동생, 나, 셋이 살았던 아파
트는 방 하나에 부엌이 전부였다. 화장실과 세면장은 공동으
로 사용했고 욕실은 없었다. 어머니는 그곳에 사무 보는 책상
을 들여 놓고 화장품 회사 출장소를 차렸다. 우리가 학교에 가
고 없을 때는 지점을 돌며 영업도 했다.

어느 날, 그곳에 한 남자가 나타났다. 그 사람이 나의 두 번
째 새아버지다.

두 번째 새아버지와 보낸 힘든 시간

21

어머니.

두 번째 새아버지와 지냈던 때가 지금도 생각나세요?

아들에게.

솔직히 네 질문이 아니었다면 생각하지 않았을 거야.

그 사람은 같은 아파트 2층에 살았는데 네 동생이 잘

따랐지. 아이를 좋아하는 사람이라 나도 안심했고.

네 초등학교 운동회 때 그 사람을 데리고 갔는데 그때

네가 "저 아저씨면 괜찮을 거 같다"고 말해 줬어.

하지만 엄마가 안일하게 생각했던 거 같아. 네가 친구의

어머니한테 "고민이 있다"고 말했다는 이야기를 전해

들었을 때는 정말 마음이 아팠다.

이제는 안다. 엄마의 인생이 잘못되었다는 걸.

같이 살게 되면서 그 사람이 하던 운송업을 돕기 위해
직장 동료의 남편에게 돈을 빌리고, 친구한테도 도움을
청했지. 재혼을 해도 여전히 내가 일해서 집안 살림을
책임져야만 했어. 아이 둘을 데리고 한 재혼이니 상대를
배려해서 더 열심히 일할 수밖에 없었다.
원래 엄마 성격이 강해서 남에게 굽실거리지 못하니까.
엄마가 남자 역할, 그 사람이 여자 역할을 했던 것 같아.

22
어머니.
어느 날, 폭력배들이 집에 찾아왔던 거 기억나세요?
남자 몇 명이 우르르 집안으로 들어와서 새아버지를 끌고
갔죠?

아들에게.
기억나고말고. 새아버지가 하던 일이 망하니까
채권자가 폭력배에게 돈을 받아달라고 했던 거야. 그때
너는 폭력배에게 "안 돼" 하고 소리치면서 청소기를
휘둘렀지. 엄마는 피투성이가 되어 돌아온 그 사람에게

말했다.

"이 아이가 한 행동을 잊지 마! 당신을 위해서 이 아이가
한 일을 절대 잊지 말라고!"

그 사람은 나약한 사람이었어. 그때, '착한 게 다가
아니다, 강해야 살 수 있다'고 생각했다.

23

어머니.

왜 그분과 결혼을 결심하셨어요?

행복한 재혼이었나요?

아들에게.

너와 떨어져 사는 것에 지쳐버렸기 때문이야. 그건
엄마의 나약함이겠지.

그 사람은 운송업에서 실패하자 빚을 갚기 위해
오카자키의 외할아버지 집에 멋대로 쳐들어가서
건물이며 땅의 권리증을 받아냈고 그걸 담보로 사채를
끌어 썼어. 그때 외할아버지는 병환 중이었지. 엄마는 그
빚을 갚으려고 매일 일만 했다. 아무리 좋은 사람이어도

용서할 수 있는 일과 용서할 수 없는 일이 있잖니. 결국 네 외갓집에도 폭력배들이 들이닥쳤어. 그 사람은 다시 현관까지 도망쳤지. 그때 외할머니가 소리를 질렀어. "딸한테 이런 고생시킬 거면 어린 것들과 딸을 돌려보내!"라고.

그렇지만 나는 상대가 어려울 때 등을 돌릴 수는 없었다. 낮에는 보험과 화장품 영업을 하고 밤에는 야키소바 가게에서 아르바이트를 했다. 열심히 일하는 것 외에는 달리 방법이 없었어.

❂

어머니와 두 번째 새아버지가 일하러 간 사이에는 내가 동생의 저녁을 챙겨주었다. 메뉴는 언제나 닛신식품의 컵 야키소바인 '닛신 야키소바'와 흰 쌀밥으로 온통 탄수화물뿐이었다.

지금 생각하면 웃어넘길 일이지만 당시에는 어른도 없이 밤에 동생과 둘만 집에 있는 것이 불안했다. 게다가 학교에서 힘든 일이 있어도 어린 동생 앞에서는 약한 모습을 보일 수 없었다.

가끔씩 외롭고 속상한 기분이 절정에 달하면, 가끔 방의

천장 한쪽 구석에 카메라가 달려 있는 것처럼 위에서 나를 내려다보는 영상이 머릿속에 떠올랐다. 아마도 이인증(離人症, 자아장애의 일종으로 자신이 낯설게 느껴지거나 자신과 분리된 느낌을 경험하는 것. 자기 지각에 이상이 생긴 상태―옮긴이)처럼 현실을 도피하는 순간이었을 것이다. 그때 나는 최대한 객관적인 상태가 되어 고통을 회피하려고 했다.

어느 날, 동생과 둘이 저녁을 먹고 있는데 낯선 남자들이 찾아왔다.

"아버지, 어머니는 아직이니?"

그렇게 말하며 그들은 집안으로 들어와 담배를 피우고 TV를 보며 어머니와 새아버지가 돌아오기를 기다렸다. 나는 동생을 먼저 재우고 남자들과 함께 TV를 보았다.

"얘, 너 롤로스루고고(혼다에서 발매된 어린이용 삼륜 스케이트―옮긴이) 갖고 싶어?"

당시 유행했던, 스케이트보드에 핸들이 달린 모양을 한 어린이용 스케이트 광고가 나올 때마다 남자가 내게 물었다. 그들이 폭력배라는 걸 몰랐던 나는 큰 소리로 "갖고 싶어요!" 하고 말했다.

그 남자가 집에 몇 번인가 왔다 간 후, 이번에는 대낮에 여러 명의 남자들이 들이닥쳤다.

"아버지 계시냐?"

그렇게 물은 순간, 안쪽 안방 창문을 열고 새아버지가 도망치는 것이 보였다. 어머니가 동생을 품에 안고 나에게 "밖을 보면 안 돼!" 하고 소리쳤다.

창밖에서는 마치 영화 속 장면 같은 광경이 펼쳐졌다. 내 시선에서는, 마치 핸드헬드 카메라(handheld camera, 받침대를 이용하지 않고 손에 들고 찍을 수 있는 가벼운 촬영기)의 영상처럼 프레임 속에서 새아버지가 폭력배들에게 마구 두들겨 맞고 있었다. 그때, 도로 건너편 철길에는 메이테츠 전철(名鉄電車, 민간철도—옮긴이)의 빨간색 차량이 지나갔다.

"어딜 도망가? 빨리 돈 갚아!"

"죄송합니다! 죄송합니다!"

덜컹거리는 전철 소음 사이로 그런 말이 들렸다. 집으로 돌아온 새아버지의 얼굴은 피범벅이 되어 있었다. 어머니에게 다가가려는 폭력배를 본 순간, 나는 청소기의 파이프를 휘두르며 "안 돼!" 하고 소리쳤다.

지금 생각하면 빚쟁이와의 상황을 그린 수준 낮은 시나리오의 한 장면 같기도 하다. 그러나 그것은 초등학생이던 내가 경험한 가장 큰 싸움판이었다.

전학을 반복했던 나

전학은 아이에게 어떤 영향을 미칠까? 나는 그 부정적인 영향을 뼈 아프게 경험해야만 했다. 겨우 가까워진 친구와 계속해서 이별한다… 그것이 되풀이된다는 게 너무 힘들었다. 그래서인지 나에게는 '소꿉친구'나 '절친'이라는 말은 어색하다. 언제나 사이좋게 지낼 만하면 이별이었다. 계속해서 그걸 반복하다 보니 어른이 되어서도 오랫동안 가깝게 지낼 수 있는 친구를 갖지 못했다.

24
어머니.
그 당시 나는 왜 그렇게 여러 번 전학을 해야 했어요?

아들에게.

새아버지의 전직으로 자주 이사를 해야 했기 때문이야.
살던 곳에서 신호등 하나 떨어진 곳인데도 통학구역이
바뀌는 바람에 전학할 수밖에 없었다. 겨우 친해진
친구와 헤어지기 싫어하는 네 기분을 생각해서 교무실로
선생님을 찾아가 부탁도 해봤어. 하지만 "규칙이라서
어쩔 수 없군요…"라는 선생님의 말에 눈물을 흘리며
돌아설 수밖에 없었다. 그때의 너와 네 동생을 생각하면
가슴 아픈 일이 참 많아.

25

어머니.

가리야에서 살았던 날들은 어머니에게 어떤
시간이었나요?

아들에게.

그때는 어떻게든 돈을 벌기 위해 아등바등 애를 썼지.
한번은 나고야에 있는 피부미용실까지 면접을 보러
갔었다. 네 새아버지와 함께 일했던 레스토랑으로
합격했다는 전화가 왔었어. 나고야역 앞에 있는

스미토모생명 건물 11층. 그곳의 책임자로 일하게 됐지.
뭔가 새로운 길이 열린다는 기대를 품고 너희를 집에 둔
채 나고야까지 출퇴근했었다.

26

어머니.

동생과 나를 남겨두고 일하러 갈 때 어떤 심정이었어요?

아들에게.

젊을 때는 고생이라는 생각을 안 했다. 일을 하면 돈을
벌어 편해질 수 있다고 믿었지. 너희는 말썽 한 번 안
부리고 착하게 엄마가 돌아오기를 기다려줬어.

지금도 생생하게 기억나는데, 네가 중학교에 올라가서
탁구부에 들어갔을 때야. 어느 날엔가 탁구대회 때 네
손가락이 부러지는 사고가 있었지.

그때 나는 나고야에서 회의를 하느라 서둘러 퇴근할 수
없었단다. 점장 입장에서 도저히 빠질 수가 없었거든.
집에 돌아와 선생님과 함께 엄마를 기다리고 있던 네
얼굴을 보았을 때, 울음이 터질 만큼 가슴이 아팠다.

집안일과 바깥일을 병행하는 게 참 쉽지 않았어.

하지만 네가 집안일을 곧잘 도와줘서 큰 힘이 되었지.

직장에서는 늘 "큰아들 덕분에 이렇게 나와 일할 수

있어요" 하고 말했단다. 너는 어린 나이인데도 책임감이

참 강한 아이였어.

당시, 학동보육(우리나라의 방과 후 돌봄교실과 같다. 부모가

맞벌이인 경우 등 보호자가 집에 없는 학생을 방과 후 일정시간

학교에서 보육하는 것을 말한다―옮긴이)이 갓 시작됐을

때라서 네 동생은 수업이 끝나면 그쪽으로 보냈지.

그곳에서 숙제도 하고, 간식도 먹고, 선생님들이 잘

돌봐주셨다. 그렇게 네 동생을 맡기면 너도 자유롭게

친구랑 놀고 공부도 할 수 있을 거라고 생각했지.

27

어머니.

그 무렵, 역에 어머니를 마중하러 갔을 때 먹었던 피자

맛을 기억하세요?

아들에게.

역에 마중 나온 너희들의 얼굴을 보면 그날의 피로가 싹 가셨어. 우리 아들들을 본 순간, 안심이 됐지. 고픈 배로 엄마를 기다리는 너희에게 그때는 아직 흔하지 않았던 피자를 먹이고 싶었단다.

그때의 치즈 맛은 잊을 수가 없다.

❂

아이치현 가리야시는 나고야에서 메이테쓰 전철로 1시간 조금 안 걸리는 곳에 있다. 어머니는 매일 그 거리를 출퇴근하며 우리를 키웠다. '일하는 여성'이라는 의미에서는 진보적인 여성이었다고 생각한다.

나와 동생은 매일 해가 지면 가리야역으로 어머니를 마중 나갔다. 한 달에 한 번, 어머니는 역에서 집으로 가는 길에 있던 찻집에서 당시 흔하지 않은 음식이었던 피자를 사주셨다. 피자가 너무 먹고 싶던 우리는 늘 그날이 오기만을 고대했다.

어느 날, 역에서 엄마를 기다리는데 개찰구에서 몰려나오는 사람들 중에 엄마의 모습이 보이지 않았다.

"엄마 왜 안 와?" 동생이 수없이 물었다. 그 말을 들으며 점점 불안해진 나는 결국 동생을 때리고 말았다. 동생의 이마

는 점점 부풀어 올라 피가 배어나오기 시작했다. 나는 큰소리로 우는 동생에게 "너, 절대 엄마한테 말하면 안 돼! 그냥 혼자 넘어졌다고 해"라고 말했다.

그때 왜 거짓말을 하면서까지 자신을 속이려 했는지 지금도 알 수 없다. 어른이 되어 동생이 이 이야기를 꺼낸 후부터 계속해서 생각하고 있지만 정말 수수께끼 같은 거짓말이다. 그때 거짓말을 만들어낼 수 있다는 걸 처음으로 경험했다.

좋은 방향으로 생각하면, 어머니에게 괜한 걱정을 끼치고 싶지 않았던 것이 아닐까. 아니면 어린 마음에 자신을 정당화하고 싶었던 걸까. 아무튼 그때 내가 느낀 불안은 여전히 내 안에 남아 있다.

고등학교 입시와 어머니의 이혼

28

어머니.

저는 우리가 살던 아파트 바로 옆에 있던 고등학교에
원서를 내서 시험을 봤어요. 그때 어머니 기분은
어땠어요?

아들에게.

너는 초등학교 때부터 한 번도 숙제를 게을리한 적이
없었어. 집에 엄마가 있는 아이들보다 숙제도 더
잘하고 공부도 더 열심히 한다고 선생님이 칭찬하셨지.
고등학교 입시도 네가 최선을 다한다고 생각해서 힘껏
칭찬해 주고 싶었다. 그런데도 그때 엄마는 네게 아무
말도 하지 못했어. 정말 미안하다.

29

어머니.

저의 고등학교 진학을 어떻게 생각하셨어요?

아들에게.

물론 네 스스로 고등학교를 선택해 자신이 나아갈 길을
결정한 게 자랑스러웠단다.

30

어머니.

그 후 바로 이혼하셨죠?

어떤 이유에서였나요?

그때 동생이 "세계적으로 몇 분에 한 쌍씩 부부가

이혼한다고 들었는데 그게 우리집이었다"며 운 기억이

나요.

아들에게.

미안하구나. 그 사람에 대한 사랑은 이미 식어버렸어.

그래도 너희에게 변명은 할 수 없었다. 그 사람을 만나

살면서 고생도 많이 했는데, 먹고살기 위해 그리고
빚을 갚기 위해 너희 둘만 집에 남겨 두면서까지 일하는
생활에 그만 지쳐버렸어. 그때 만난 것이 지금의
새아버지야. 두 번째 새아버지와 헤어질 때는 네
친아버지 때처럼 마음이 아프거나 하진 않았어. 지금의
새아버지와 함께 있고 싶다는 생각이 더 컸지.
그때는 그 사람에게도 가정이 있었는데 자신의 두
아이들과 만나지 않겠다는 조건으로 이혼을 했어. 너희
두 형제를 지켜주겠다고 결심하고 나와의 결혼을 결정해
줬다. 그는 엄마보다 6살 연하였어.
우리를 받아들여준 그 사람도 밤낮을 가리지 않고
열심히 일했다.

❂

  '집에서 학교 교문까지 걸어서 30초면 도착할 수 있는 고
등학교에 다니는 나의 꿈'은 그렇게 어이없이 무너져버렸다.
15살이었던 나는 왜 이렇게 살아야 하는지 어머니를 원망했
다. 자아에 눈을 떴고, 남녀 사이의 문제도 조금은 이해할 수
있던 나이였으니 말이다. 나의 모든 계획이 부모의 형편에 따

라 제멋대로 바뀌어버리는 현실에 화가 났다.

그래도 나는 어머니를 따라갈 수밖에 없었다. 진학이 정해진 고등학교에서 두 시간이나 떨어진 도요하시로 어머니를 따라 이사했다.

1981년 봄이었다.

세 번째 새아버지

31

어머니.

도요하시로 이사하게 되었을 때 어떤 기분이었어요?

아들에게.

엄마는 필사적이었어. 그 사람에게 푹 빠져 있었지.

그래, 아마 이성적인 판단이 안 됐을 거야. '어떤 일이

있어도, 죽을 때까지 이 사람과 함께 살겠다'고 생각했다.

그래서 너희를 힘들게 한 것도 사실이야. 그 사람도 너희

아버지가 되려고 많이 노력했어. 결점도 있지만 우리

가정을 소중히 생각했지.

32

어머니.

그때 저는 늘 꿈꿔 왔던 '걸어서 30초면 갈 수 있는 가까운 고등학교'에 붙었는데 어머니의 이혼으로 다시 집에서 두 시간이나 걸리는 먼 학교에 다니게 되었어요. 그 일에 대해선 어떻게 생각하셨어요?

아들에게.

너무 미안했지. 너도 집안 사정이며 어른들 일을 알 나이가 된 만큼 엄마를 많이 원망했을 거야. 집에서 전철로 20분 걸리는 도요하시역까지 너를 배웅하곤 했는데 학교에 가는 네 뒷 모습을 보면 고개를 들 수 없을 만큼 미안했어. 그런 한편으로는 잘 자라준 네가 믿음직스러웠다.

33

어머니.

그때 만난 분(세 번째 새아버지)은 어머니에게 어떤 사람이었어요?

아들에게.

그 사람은 엄마가 점장으로 일한 에스테틱 숍(전신 미용관리실) 건물 지하의 스파게티 가게 점장이었어. 그곳에서 자주 점심을 먹다 보니 가까워졌지. 처음에는 엄마가 하얀 가운을 입고 있어서 치과의사인 줄 알았대. 그는 10명쯤 있었던 피부관리사들에게도 인기가 있었어. 처음에는 특별한 관심은 없었는데 피부관리사들이 가게에 가면 잘 챙겨줘서 인사차 그곳에서 회식도 했지. 그 당시엔 설마 너희 엄마인 내가 그 사람과 요즘 말하는 불륜으로 발전하리라고는 요만큼도 생각하지 못했어. 그 사람이나 나나 마음의 빈 자리를 메워줄 사람이 필요했던 건지도 모르겠다. 결국 서로에게 소중한 사람이 되었는데, 그 사람이나 나나 가정과 자식이 있었으니 너무 괴로웠지. 미안하다…. 결국 그 사람의 아내, 그리고 너의 두 번째 새아버지도 사실을 알게 되었어. 그 정도로 마음을 감출 수 없었지. 각자 가정으로 돌아가도 모래를 씹는 것처럼 무미건조한 시간이었다.

결국 또 이혼을 결심했지. 이제 나에게 다시 결혼이라는 미래가 있을 거라고는 생각하지 않았단다.

34

어머니.

그때 어머니에게 사랑, 일, 자식의 비중은 어땠나요?

아들에게.

당연히 사랑, 일보다 너희가 우선이었지. 너희의 비중이
가장 컸다. 무슨 일이 있어도 내 안에서 너희를 떼어놓을
수는 없었어.

그러나 사랑의 비중도 커서 머릿속이 엉망진창이
될 만큼 괴로웠다. 일도 책임 있는 자리에 있는 이상
중요했고. 나 자신뿐 아니라 상대의 행복과 책임에
대해서도 고민이 많았어.

35

어머니.

에스테틱 숍 점장이 되었을 때는 어떤 기분이었어요?

아들에게.

당시는 피부를 비롯해 전신의 미용을 관리하는

에스테틱이 막 시작되었던 때라 에스테틱 숍이 그리
많지 않았어. 처음에는 나고야 사카에마치 본점에서
일했는데 원장의 신뢰를 얻어서 도요바시 지점을 오픈할
때 점장을 맡게 되었지.

나를 찾는 손님도 많았고 실적이 우수한 프로
피부관리사로 열심히 일했다. 상담실에서 관리 카드를
작성할 때 손님의 바람이나 고민을 들으면서 다양한
인생을 알게 되었지.

일은 좋아했다. 집에서 기다리는 너희를 생각하면 가슴
아팠지만, 두 아이를 키우는 엄마이자 동시에 일하는
여성으로 산다는 보람도 느끼고 있었어. 동료들은
엄마더러 "점장님은 참 자유로운 여성이에요"라며
부러워했지. 마음은 전혀 자유롭지 않았는데 말이야.
그때는 다시 태어난다면 꼭 남자로 태어나고 싶었다.
그러나 여자라서 다행이야. 너희 둘을 낳을 수
있었으니까. 하지만 이런 엄마라서 너희가 고생이
많았지.

징
조

2014년 봄.

아들이 유치원에서 가장 상급반으로 올라갔다.

운동회, 연극회, 음악발표회. 4년 동안 내가 참가한 것은 몇 안 되는 이벤트뿐이었다. 아버지로서 아들이 성장하는 모습을 더 많이 지켜봤어야 했다. 일은 순조로워서 촬영, 준비, 촬영을 계속 반복했다. 어느 날, 한창 촬영 중에 아내로부터 전화가 걸려 왔다.

"여보세요, 바쁠 텐데 미안."

"무슨 일이야?"

"애가 유치원에서 쓰러졌대!"

"뭐?"

"지금 유치원으로 가고 있어."

"알았어."

"유치원에 도착하면 곧장 병원으로 가야 해. 나중에 다시 연락해요."

아내는 불안한 목소리로 전화를 끊었다.

아들이 쓰러졌다! 음악 발표회 피아노 연습 중에 아이는 눈의 흰자위를 드러내며 쓰러졌다고 한다. 아내는 아침에 먹인 감기약 때문일 거라고 짐작했다. 유치원 복도의 대형 유리창에 머리를 세게 부딪치며 쓰러졌다고 한다.

뇌신경과가 있는 요코하마의 대학병원으로 갔다는 연락을 받고 나는 현장에서 곧장 차로 달려갔다. 로비에 들어서자 아내 품에 안겨 힘없이 소파에 누워 있는 아들이 보였다.

"괜찮니?"

"응….."

아들이 말했다. 나도 모르게 아들을 꼭 껴안았다.

"머리를 세게 부딪쳤어. 주변에 뇌신경과가 있는 응급 지정 병원이 없어서 여기까지 오게 된 거야."

"잘했어."

아들은 멍한 얼굴로 엄마, 아빠가 하는 말을 듣고 있었다.

　아들이 구급차로 병원에 실려 온 것은 이번이 처음은 아니었다.

　그날 밤, 나는 다음 작품의 캐스팅 건으로 저녁식사 약속이 있었다. 사무실 근처 음식점에서 건배를 하고 막 본격적인 일 이야기를 시작했을 때 아내로부터 전화가 걸려 왔다.

"얼른 와줘!"

아내는 집에 있던 아들이 고열이 계속 되더니 경련을 일으키며 의식을 잃었다고 했다.

"구급차 불렀어!"

"알았어."

비즈니스 상대를 앞에 두고 나는 가능한 한 냉정하게 전화를 끊었다. 속으로는 너무 불안했다. 하지만 오랫동안 어렵게 연락해서 겨우 잡은 약속이었다.

"괜찮아요?"

"아, 괜찮습니다."

아들이 의식이 없다는데 괜찮을 리가 있나. 이런 때 웃으면서 술을 마시고 찌개 냄비를 뒤적거리는 나는 대체 어떤 아버지일까.

10분쯤 지났을 때 간신히 말을 꺼냈다.

"아들이 구급차로 병원에 실려 갔어요. 죄송합니다."

이 식사 약속에서는 일에 관한 많은 것들이 결정될 터였다. 그래서 기를 쓰고 10분을 참았지만 더 이상은 무리였다.

"정말 죄송합니다. 가봐야겠어요."

음식점을 뛰쳐나왔다. 서둘러 택시를 잡아타고 시부야에서 무사시고스기에 있는 병원으로 달려갔다. 달리는 택시 안에서 아내에게 전화를 걸었다.

"지금 가는 중이야."

"알았어요. 지금 선생님 설명 들으러 가고 있어."

"얼른 갈게. 미안해."

솔직히 말하지 못한 10분 동안의 나, 그 순간에 대해 택시 안에서 후회를 거듭했다. 대학 친구가 병으로 죽었을 때도 그랬다. 한창 일하는 중에 그가 위독하다는 전화가 왔다. 상사에게 말을 꺼낸 것은 연락을 받고 나서 10분이 지나서였다. 아슬아슬하게 친구의 마지막을 보지 못한 나는 그 10분을 원망했다. 그렇다, 나는 일밖에 모르는 바보다. 아니, 일 바보면 그나마 낫다. 이러다 진짜 바보가 되어 버리면 어쩌나….

병원에 도착한 것은 그로부터 45분쯤 지나서였다. 로비에 들어서자 아들이 아내 등에 업혀 잠들어 있었다.

"열성 경련이라고 6살 정도까지는 고열이 나면 이런 경우가 있습니다" 하고 의사가 설명해 주었다. 소아기 경련 가운데 가장 많은 경우로, 열이 많이 나면 경련을 일으키며 의식을 잃는다고 한다. 일본에서는 소아의 7퍼센트 정도가 이런 경련을 경험한다. 다시 고열이 나면 경련이 일어나지 않도록 약을 먹이라고 했다.

오랜 기다림 끝에 태어난 우리 장남에게는 정말이지 크고 작은 일들이 다양하게 일어난다. 아들은 원래 이런 걸까? 아들을 키운다는 게 이런 걸까? 딸인 큰아이 때는 경험하지 못했던 문제가 차례로 일어난다. 마치 아빠가 일에 매진한 채 아내에게 육아를 내맡긴 벌을 받고 있는 것처럼 느껴지기도 한다.

그건 분명 신이 이렇게 말하는 것일지 모른다.

'네가 소중히 여기는 사람과의 시간을 더욱 소중히 하라.'

어릴 적의 나는 어머니와 얼마나 많은 시간을 공유했을까.

문득 그런 의문이 머릿속을 스쳤다.

순찰차의 기억

36

어머니.

제가 고등학교 2학년이던 어느 날, 집에 순찰차가 와서
어머니를 태워갔잖아요. 왜 경찰서에 끌려갔던 거예요?

아들에게.

그게 순찰차였나. 아무튼 경찰 차량이 집 앞 강을 따라
난 길에 서 있었지. 내 기억으로는 너희가 학교에 간
후에 물어볼 것이 있다고 형사가 찾아 왔었어. 에스테틱
숍 원장이 금전등록기의 현금을 도난당했다고 경찰에
신고해서 돈을 관리했던 엄마와 부하 직원 전원이
조사를 받았지.

37

어머니.

이 사건은 어떻게 된 거예요?

아들에게.

다 엄마 탓이야. 당시 금전등록기의 돈을 관리했는데
생활비 때문에 돈을 일부 꺼내 빌려 쓰고 다시
되돌려놓곤 했었어. 그 부분은 지금도 깊이 반성하고
있단다. 그것이 원인이 되어 매출액에 구멍을 낸 적이
있어.

그 후 내가 경쟁점인 다른 에스테틱 숍에 근무한 걸
계기로 원장이 신고한 거야. 그래서 조사를 받은 거지.
네 외할머니한테도 걱정을 끼쳤고, 결국에는 돈도
외할머니가 도와줘서 전부 갚았다.

큰 불효를 저질렀지. 순간적이지만 눈앞의 돈에 손을
댔던 것은 완전히 내 잘못이다. 그때도 돈이 들어가는
일이 많았어. 하지만 남 탓을 해서 뭐하겠니. 그때는
그렇게 할 수밖에 없었다.

엄마에게 실망했지…. 정말 미안하구나.

38

어머니.

유치장에서는 어떻게 지내셨어요?

아들에게.

미안하다. 그때 일은 자세히 기억나지 않는구나. 아무튼
전표 확인과 장부의 숫자를 대조하며 매일 조사를
받았어. 경리 문제였기 때문에 시간이 많이 걸렸지.
그때는 반성은 당연하고, 너희를 두고 온 것 때문에 너무
불안했다.
엄마가 경찰서에 끌려오고 새아버지는 잠깐 원래
집에 돌아갔는데, 그건 정식으로 전 부인과 이혼하기
위해서였어. 그리고 너희를 돌보겠다는 약속을 지키기
위해 다시 돌아와 너희와 함께 엄마를 기다려줬지.
원장과도 잘 합의를 해줬고.
그때 너희 둘의 마음이 어땠을지 생각하면 지금도
속죄할 방법이 없구나. 담당 형사가 "당신은 이런 곳에
올 사람이 아니니 행복하게 사세요" 하고 배웅해 주었다.

39

어머니.

그때 어머니의 기분은 어땠어요?

아들에게.

지금은 떠올리고 싶지 않은 과거다. 내 자식들이 어떻게

지낼까 매일 그 생각뿐이었지.

❂

1982년 가을.

그때만큼 어머니의 부재를 뼈저리게 느낀 적은 없었다. 어

머니와 함께 살았던 나와 동생 옆에는 아직 정식으로 어머니

와 혼인신고도 하지 않은 세 번째 새아버지뿐이었다.

방 두 개 가운데 나와 동생이 함께 쓰는 다다미 6장 크기

(다다미 2장을 합치면 약 3.3㎡ 크기가 된다—옮긴이)의 방에는 배우

하라다 도모요와 야쿠시마루 히로코의 포스터가 요란하게 붙

어 있었다. 우리 형제는 책상부터 벽 사이의 공간에 간신히 이

불을 깔고 잤다.

어느 날 아침, 자고 일어났더니 어머니가 경찰서에 끌려간

것이다. 그리고 세 번째 새아버지가 우리에게 그 이유를 설명해 주었다. 동생은 울면서 "그럴 리 없어! 엄마가 그런 짓을 했을 리가 없잖아"라고 소리쳤다. 16살이었던 나는 '엄마에게는 분명히 그럴 만한 이유가 있을 거야'라고 생각해서 잠자코 듣고만 있었다. 그때 새아버지는 이렇게 말했다.

"엄마가 돌아오면 이제 내가 너희 아버지가 될 거야. 괜찮겠니?"

'엄마가 원한다면 우리는 상관없다. 엄마 좋을 대로 하면 된다. 지금은 엄마가 돌아오는 게 먼저다.'

나는 속으로 그렇게 생각했다.

"무슨 일이 있어도 이제부터는 내가 엄마를 지킬게."

세 번째 새아버지는 그렇게 말했다.

새아버지 품에 안겨 진정이 된 동생은 흔쾌히 "좋아!"라고 대답했다.

그로부터 2주 후, 어머니가 돌아오셨다. 우리는 그렇게 또 새로운 가족이 되었다. 고등학교를 졸업할 때까지 나는 어렸을 때 성姓을 그대로 썼다. 성을 바꾸면 이전의 나는 완전히 사라지는 것 같았기 때문이다.

대학에 들어가고 나서야 나는 새로운 성으로 바꿨다.

대학 입시

40

어머니.

내가 대학 시험을 치르는 것에 대해 어떻게 생각하셨어요?

아들에게.

니혼대학 예술학부 영화과 감독 코스. 그것이 네가

결정한 진로였지. 솔직히 우리 집안 형편에 너의 바람을

이뤄줄 수 있을까 많이 고민했다.

너는 중학생 때 미즈노 하루오 같은 훌륭한

영화평론가가 되고 싶다고 했었지. 여름방학에는

동생과 둘이 아침부터 저녁까지 극장에서 하이틴 스타,

야마구치 모모에가 나오는 영화를 몇 번이나 보고 오곤

했었어. 몇 번은 늦은 시간까지 너희가 돌아오지 않아서

너무 걱정이 되어 극장에 찾으러 가려고 했던 적도

있었지.

네가 고등학생 때는 영화 연구부에서 강아지가 점점
커지면서 달려오는 영화, 제목은 기억이 나지 않지만
아무튼 그런 8밀리 영화를 찍어서 상도 받았잖니.
나고야에서《미지와의 조우》(스티븐 스필버그 감독의 SF
영화—옮긴이)와 같이 상영되었다고 기뻐하며 부상副賞도
가져 왔지.

너의 꿈.

그것이 명확히 보이는 만큼 나는 정말 고민스러웠다.
'역시 영화계에서 자신의 생각을 표현하려는
거구나'라고 생각해서 어떻게든 너의 꿈을 이루어주고
싶었어. 그래서 아직 일이 손에 익지 않은 스낵바 장사를
매일 새벽 3시까지 했다. 아침에만 잠깐 눈을 붙이고 한
달에 한 번, 세 번째 화요일만 쉬면서 일했지.
그런데도 엄마는 전혀 힘들지 않았어. 너는 마음이 강한
아이니까 반드시 꿈을 이룰 거라 믿고 보내기로 했다.

상경

41

어머니.

제가 도쿄에 가는 것이 정해졌을 때 어떤 기분이었어요?

아들에게.

너의 빈자리가 느껴질 때도 있겠지만 마음으로 이어져
있다고 믿고, 너도 나도 열심히 살아야 한다고 생각했다.
엄마는 너를 자유롭게 해주고 싶었어. 엄마 때문에 많이
고생한 아들이잖니.
내 옆에 잡아둔다고 해서 딱히 해줄 것도 없는데, 그러면
너의 재능을 키울 수 없다고 생각했다.
네가 탄 고속열차가 움직이기 시작하자 그 뒤를 따라
뛰어가며 너를 배웅했던 네 동생을 보며 '언젠가 저
아이도 형을 따라 도쿄로 가겠구나' 생각했지.

42

어머니.

내가 떠난 후 어떤 기분이었어요?

아들에게.

처음에는 매일 신경 쓰였지. 네 편지를 기다리는 것이
큰 낙이었다. 네 동생도 허전했을 거야. 그래도 그 아이
역시 형이 고생스럽겠지만 꿈을 이룰 거라고 굳게 믿고
있었다.

🌼

1984년 봄.

18세의 나에게 도쿄는 아주 멀고, 실체를 알 수 없는 미지
의 도시였다. 수많은 젊은이들이 그런 도쿄를 동경해서 빨려
가듯 상경했을 것이다. 나 역시 그랬다.

고속열차 출발을 알리는 벨 소리가 도요하시역 플랫폼에
울려 퍼졌다. 열차 승강구 발판에 올라타고 뒤를 돌아보았을
때 어머니와 눈이 마주쳤다.

"도착하면 전화해."

"네."

"감기 안 걸리게 조심하고."

"네."

"열심히 해."

"네."

"이제 정말 가는구나. 바이바이."

열차 문이 닫혔다. 움직이기 시작한 풍경 속으로 동생의 모습이 뛰어 들어왔다. 달리는 열차를 따라오면서 동생은 큰 소리로 외쳤다.

"잘 지내! 형! 잘 지내! 잘 지내! 잘 지내!"

플랫폼이 사라졌다. 동생의 모습이 작아진다. 창에 얼굴을 바짝 붙인 채 손을 흔드는 동생을 보고 있었다. 그리고 더 이상 보이지 않았다. 나는 소리 죽여 울고 있었다.

스스로 선택한 길이지만 불안했다. 앞으로 어머니와 동생을 떠나 혼자 생활해 가야 할 나 자신을 생각하자 불안과 희망이 마구 뒤섞인 혼란스러운 감정에 휩싸였다.

내가 처음으로 혼자 감독한 드라마는 2쿠르(cours, 기간을 의미하는 프랑스어로 일본 방송업계에서 사용하는 전문용어. 보통 3개월을 의미한다. 1월부터 12월까지를 4쿠르로 나눠서 각각 1, 2, 3, 4쿠르로 부르기도 한다—옮긴이)로, 6개월간 계속되는 일이었다.

그 드라마의 주인공이 고향을 뒤로 하고 도쿄로 떠나는 장면에서, 나는 내 체험을 그대로 살려 연출했다. 전차 창문 밖에서 주인공의 연인이 깃발을 흔들며 설원을 달린다. 그리고 "잘 지내!"라고 소리친다. 주인공은 창문에 얼굴을 붙인 채 그 모습을 보며 눈물을 흘린다. 그런 장면이었다.

각자의 새로운 출발
―종이 박스에 담은 사랑

　나의 대학 진학은 솔직히 어머니에게 큰 부담이 되었을 것이다. 처음에는 무슨 생각이었는지 미국 남캘리포니아대학에서 영화를 공부하겠다고 무모한 말을 했는데, 서점에 진열된 '빨간 책(赤本, 대학 · 학부별 대학입시 기출문제집, 대학입시 시리즈의 통칭이다. 표지 색깔로 인해 수험생들 사이에서 '빨간 책'으로 불리게 되었다―옮긴이)'에서 니혼대학 예술학부 영화학과를 발견하고 깨끗이 이쪽으로 방향을 바꿨다.

　예술계 대학은 연간 수업료가 백만 엔이 넘는다. 그런 부담을 어머니께 4년이나 안겨드릴 수는 없다고 생각했다. 그래서 신문장학제도(신문사의 장학금 제도. 학비의 일부 또는 전액을 신문사에서 부담하는 대신 재학 중에 신문 배달을 해야 한다―옮긴이)의 혜택을 받아 어떻게든 상경하려고 했다. 하지만 그 장학금으로는 연간 수업료의 절반밖에 해결할 수 없었다. 결국 나머지 반은 어머니에게 의지해야 했다.

43

어머니.

그 대학은 학비가 비싸서 어머니께 부담이 되지는

않았나요? 신문배달을 하며 장학금을 받아서 일단 상경은

했는데, 저 역시 아르바이트로 눈코 뜰 새 없이 바빴어요.

아들에게.

학비는 솔직히 힘에 부쳤다. 외할머니와 친척들의

도움을 받을 수밖에 없었지. 너도 많이 힘들었을 거야.

엄마도 새아버지와 가게를 오픈했던 터라 아직 일이

손에 익지 않은 선술집을 어떻게든 성공시키려고 애를

썼어. 새아버지는 장사 수완도 좋고 요리 실력도 좋아서

손님들 반응도 좋았다.

엄마는 술주정하는 손님을 상대하는 것이 힘들었어.

손님이 술을 권하는 것도 싫었고. 3년 동안은 정말

힘들었다. 하지만 새아버지가 옆에서 지켜주고 손님도

가족동반이나 네 또래 젊은 아가씨들이 찾아오면서부터

가게 분위기도 차츰 고급스러워졌지. 지금 생각하면

우리 가족이 각자 새 출발을 위해 잘 견뎠던 것 같아.

44

어머니께.

나는 도쿄에서 필사적으로 생활했어요. 어머니가 내게
얼마나 큰 존재인지 그때 뼈저리게 느꼈죠. 왜 저의
선택을 허락하셨어요?

아들에게.

너를 믿었기 때문이야. 네가 꿈을 실현하도록 돕고
싶었다. 너는 고생을 해서라도 꿈을 이루길 바랐어.

45

어머니.

그때 제게 가끔 소포를 보내주셨는데 기억나세요?
종이박스 안에 담겨 있던 반찬과 어머니의 편지에 저는
큰 위로를 받았어요. 어머니는 저에게 혼자 산다는 것을
가르쳐주셨던 거죠?

아들에게.

엄마도 네 편지가 생활의 활력소였다. 예전 에스테틱 숍

동료들도 가게를 찾아와 주곤 했는데 미친듯이 일하는
엄마를 보고 불쌍하다는 사람도 있었지. 하지만 나는
행복했다. 예전과는 180도 다른 생활이었지만 스스로
불쌍하다는 생각은 한 번도 하지 않았어.

네가 걱정되어 보냈던 소포며 편지를 아직까지 기억해
주다니, 고맙구나. '밥은 거르지 않고 잘 먹을까? 감기는
걸리지 않았을까?' 온통 네 걱정뿐이었다. 게다가
가게를 꾸려가는 것도 힘들었고.

너도 나름 열심히 잘하고 있을 거라 생각하고 엄마도
최선을 다했어.

46

어머니.

20살이 되던 해에 친아버지가 나에게 만나고 싶다고
연락했어요. 하지만 거절했죠. 어머니는 그 사실을 알았을
때 어떤 생각이 드셨어요? 나는 어머니가 슬퍼할 거라고
생각했어요. 저는 '이제 와서 그 사람을 만날 필요가
있을까?' 그런 식으로 생각했어요.

아들에게.

외할머니가 엄마에게는 그 일을 비밀로 해서 나중에야
그 사실을 알았다. 내가 아직 혼자라면 다시 잘해보고
싶다고 말했던 모양이야. 그래도 너희 둘을 잊지
않았구나 싶어서 기뻤지. 하지만 그땐 이미 너무 늦었어.
좀 더 일찍 와줬으면 좋았을걸.

❂

나는 왜 만나자는 친아버지를 냉정하게 뿌리쳤을까. 그때
나는 '새삼스럽다'는 기분이 들었었다. 그리고 어머니가 어떤
고생을 해가며 우리 형제를 키웠는지 잘 알고 있었기 때문에
쉽게 아버지를 만날 수 없었다. 내가 아버지를 만나면 어머니
가 슬퍼할 것만 같았다.

"할머니, 나는 아버지 안 만날래요. 엄마한테는 비밀로 해
주세요."

외할머니에게 그렇게 부탁했다.

만일 그때 아버지를 만났다면 무엇을 생각하고, 무엇을 느
꼈을까?

'3살 때 헤어진 아버지다. 지금 만나면 아무 느낌도 없겠지.' 20살의 나는 그렇게 생각했다. 그러나 아버지를 만났다면 분명히 어떤 식으로든 나에게 영향을 미쳤을 것이다.

그렇다고 해도 후회는 하지 않는다. 나는 어머니라는 여성에게서 강하게 살아가는 힘을 배웠으니까.

어머니와 나를 끌어당기는 힘

47

어머니.

제가 아직 대학생이었던 때였는지… 어머니와 다시
오랫동안 떨어져 지낼 때였던 것 같은데, 어머니가 나를
의지해서 오다와라까지 왔던 일을 기억하세요?

아들에게.

네 동생이 대학교에 진학하는 4월, 엄마가
자궁경부암이라는 진단을 받았어. 대수술을 받고 간신히
목숨은 건졌지. 네 동생은 입학식에 가기 위해 도쿄로
출발하기 전날, 병원으로 엄마를 찾아왔었다.
아직 검사 중이었고 수술하기 전이라서 병원 현관까지
나가 네 동생을 배웅했지. 그때 엄마의 기분은 말로
표현할 수가 없다. 꼭 살아서 너희를 만날 수 있게

해달라고 신께 간절히 빌었어.

오다와라에 갔던 것은 기억하고 있다. 네가 대학 4학년
때였어. 엄마의 건강을 걱정하는 네 편지를 받았지. 수술
후 치료를 위해 2주에 한 번씩 양쪽 어깨에 면역주사를
맞았는데 주사를 맞은 날은 고열이 나서 가게에서
일하기가 힘들었단다. 주사 부작용으로 불면증이 생기고
정신상태도 몹시 불안했어.

괜히 새아버지에게도 바람을 피웠다고 불같이 화를 내고
모든 것이 불안해졌지. 새아버지가 바람을 피우거나
하지도 않았는데…. 그래서 외할머니가 한동안 엄마를
돌봐주기 위해 오카자키에서 와주셨지.

48
어머니는
그때 정신이 나간 것처럼 보였어요. 정말 그랬나요?

아들에게.
그랬던 것 같아. 3년간 재발하지 않으면 괜찮다, 5년간
재발하지 않으면 괜찮다, 그런 의사의 말에 5년 동안

98

정신적으로 힘겹게 싸운 것 같아. 그 기분은 엄마밖에
모를 거야.

49
어머니.
어머니를 그렇게 만든 이유가 뭐였어요?

아들에게.
나에게는 이런저런 걱정거리가 많았어. 엄마는 툭하면
"애들이 보고 싶어, 애들이 보고 싶어" 하고 울었다.

50
어머니.
그날 성묘를 하고 돌아가는 길에 우리는 둘이서 손을 잡고
걸었어요. 기억나요? 그때는 정신적으로 불안한 어머니가
아니라 평소의 어머니셨어요.

아들에게.

그래, 기억한다. 너를 만나서 성묘를 하고 돌아가는 길에
손을 잡고 걸었지. 해질녘이었던 것 같은데, 물통(일본은
성묘를 할 때 비석에 물을 끼얹는다. 물은 깨끗함의 상징으로
조상의 영혼을 깨끗이 해준다고 믿는다―옮긴이)을 돌려주러
가는 몇 분 동안이었지. 네가 차 문을 열어줘서 자리에
앉을 즈음에는 기분이 아주 좋았어. 그때 정신을 차린 것
같아.

51
어머니.
그때 어머니는 무엇과 싸우셨던 거예요? 그리고 무엇에서
도망치셨어요?

아들에게.
암과의 싸움, 그리고 문을 연 지 2년 된 가게를 지켜내야
한다는 스트레스와의 싸움이었지. 암 치료는 정말
힘들었어.

암이라는 지독한 병까지 어머니를 정신적, 육체적으로 힘들게 할 줄은 몰랐다. 나도 도쿄에서 이를 악물고 생활했지만 어머니도 죽음과 코앞에서 마주한 시간을 보냈다고 생각하니 시간을 되돌려서라도 어머니를 도우러 가고 싶다고 생각했다. 병에 걸린 몸으로 아들의 비싼 학비를 마련해 주었던 어머니다. 아무리 감사해도 부족하다.

나는 정말 제멋대로였고 나약했다. 어머니의 강인함과 나약함을 이제야 알았으니 정말 몹쓸 아들이다. 그나마 그때 성묘를 마치고 돌아오는 길에 어머니와 손을 잡고 걸었던 일을 위안 삼아 자신을 위로한다.

영화 〈도쿄타워〉(〈東京タワー〉, 릴리 프랭키가 죽은 어머니에 대한 생각을 글로 엮어서 베스트셀러가 된 동명의 자전소설을 영화화했다—옮긴이)에 나오는 오다기리 조와 기키 기린이 손을 잡고 고슈가도(니혼바시에서 가나가와현을 지나 나가노현까지 이어지는 일본의 주요도로—옮긴이)의 횡단보도를 걷는 장면처럼 우리는 슬로모션으로 해질녘 묘지를 걸었다.

아무 말도 하지 않았지만 서로의 고통을, 둘 가운데 어느 한쪽의 고통을 손을 통해 흡수하듯 힘껏 맞잡았다. 어머니, 그때 내가 할 수 있는 것은 그게 전부였어요….

그렇게 무의식적으로 맞잡은 손을 놓았을 때, 다시 예전의 안정적인 어머니로 돌아와 주었다. 그때 나는 어머니와 아들 사이에 있는, 누구도 알 수 없는 신기한 힘을 느꼈다. 그리고 아직까지 그 힘을 믿고 있다.

감당할 수 없는 학비

52

어머니.

대학 4학년 때 결국 학비를 못 낼 뻔 했죠?

아들에게.

네가 "학교, 그만 둘까?" 하고 집에 왔던 때가 생각난다.

나는 네가 그전까지 고생하며 애썼는데 '그만 두는

것만큼은 안 된다'고 생각했지. 억울한 마음이 들었어.

53

어머니.

그때 나를 도와준 학생과 K씨를 기억하세요?

아들에게.

기억하고말고. K씨는 잊으려야 잊을 수 없지. 대학을
무사히 졸업하고 지금의 네가 있을 수 있는 것은 많은
사람들의 도움 덕분이야. 그중에서도 K씨는 특히 기억에
남는다. 꼭 한 번 만나서 인사를 드리고 싶었어. 편지에
답장을 보내준 것도 진심으로 감사하게 생각한다.

54
어머니.
그 당시 나는 몰랐던 K씨와의 일을 들려 주세요.

아들에게.
대학 학생과에 전화를 걸어 학비 납기일을 미뤄달라고
부탁했는데 그때 전화로 상담해 준 것이 K씨였어. 나는
간곡히 집안사정을 말하며 너를 꼭 졸업시키고 싶다고
했지. 아들이 고생해서 여기까지 왔는데 지금 대학을
그만두는 것은 너무 불쌍하다고 울면서 사정했다.
그때 K씨가 "오늘 학비를 안 내면 퇴학 조치됩니다.
괜찮으시다면 일단 제가 대신 낼 테니 형편이 될

때 갚으세요" 하고 말했어. 순간 엄마는 내 귀를
의심했단다. '살다 보니 이런 일도 있구나' 하고…. 네가
열심히 사는 걸 알고 도와준 걸까. K씨는 우리에게 신神
같은 분이야.

55
어머니.
왜 저를 끝까지 졸업시키셨어요?

아들에게.
네가 꿈을 품고 혼자 도쿄까지 가서 많이 고생했잖니.
그리고 무엇보다 나는 너의 재능을 믿었기 때문이야.
자식을 고생시킨 어미인 만큼 멀리서나마 너를 지켜주고
싶었단다.
슬픈 일, 힘든 일을 겪으면서 인내하고, 남을 배려하는
자상함을 스스로 배웠기 때문에 너의 작품이 사람들을
감동시키는 힘을 갖는 게 아닐까 생각했어. 그래서 네가
끝까지 공부해서 졸업하기를 진심으로 바랐다.

1986년. 대학 3학년 때, 존경하는 소마이 신지 감독의 조감독에 채용될지도 모를 소중한 기회를 얻었다. 지금은 감독으로 활동하는 당시 조감독들을 신주쿠 선술집에서 만났다. 영화 〈꿈꾸는 열다섯〉(〈翔んだカップル〉), 소마이 신지 감독의 데뷔작. 〈주간 소녀매거진〉에 연재되었던 만화를 영화화했다. 고등학생의 동거라는 파격적인 소재임에도, 새로운 스타일의 청춘영화라는 극찬을 받았다—옮긴이)부터 모든 작품을 봐 왔던 나에게는 꿈같은 시간이었다.

그러나 그 자리에서 선배들은 내게 이렇게 말했다.

"만일 네가 이 작품에 참여하게 되면 너무 바빠서 대학을 졸업할 수 없을 거야"라고.

그 순간 머리에 떠오른 것은 어머니의 얼굴이었다.

졸업

56
어머니.
제가 대학을 졸업할 때 어떤 기분이셨어요? 저는
어머니께 감사했고 동시에 어머니께 더 이상 기대서는 안
된다고 생각했어요.

아들에게.
진심으로 축하했지. '고생 끝에 무사히 졸업하게 됐구나'
하는 안도감이 들었다. 그리고 많은 사람들의 응원으로
졸업까지 하게 됐으니 네가 감사하는 마음으로 자신의
꿈을 이루기를 간절히 바랐다.

57
어머니.
아들이 사회인이 된다는 것은 어머니에게 어떤
의미였나요?

아들에게.
네가 선택한 길은 일반적인 사회인의 길과는 달랐어.
어쩌면 앞으로 몇 년간 만나지 못할 수도 있다고
생각하니 서운한 마음도 들었다.
그러나 너의 일, 네가 만든 작품들을 통해 너의 노력하는
모습을 볼 수 있었어. 가게를 지키면서 손님들이 너의
팬이 되기를 꿈꾸며 엄마도 열심히 일해야겠다고
다짐했다. 그런 바람이
실제로 기쁨이 되도록 나도 열심히 노력했단다.

가족이 다시 헤어지다

　어머니는 예전에 우리 형제에게 "너희 중 하나가 아주 먼 곳으로 간대" 하고 점쟁이에게 들은 점괘를 말해 주었다. 전에도 나는 어머니와 따로 지냈던 적이 있었던 터라 '분명히 나야, 동생이 고향에 남겠지'라고 생각했다. 그러나 실제로는 그렇지 않았다.

　어머니가 걱정되었다. 가능하면 동생이 고향에 남기를 바랐다. 제멋대로인 형은 그렇게 생각했다. 가족이 뿔뿔이 흩어지는 것에 대한 공포심이 무의식중에 내 안에 심어져 있었다. 그러나 아들들에 대한 어머니의 생각은 정반대였다.

58
어머니.
동생이 마치 나를 따르듯 도쿄로 올라갔을 때 어머니

마음은 어떠셨어요?

아들에게.

엄마는 그렇게 될 줄 알았어. 그 아이도 평범한 인생은

선택하지 않을 거라고 짐작했다. 엄마 옆에 있어도

행복할 수 없을 거라고 생각했지.

엄마로서는 서운하지만, 자유롭게 사는 것이

제일이잖니. 그래서 마음껏 자신이 원하는 인생을 살기

바라며 보내줬어.

59

어머니.

우리 형제 가운데 하나가 먼 곳으로 갈 거라고 하셨죠?

그게 누구라고 생각하셨어요?

아들에게.

네 동생일 거라고 생각했어.

60

어머니.

우리 가족은 떨어져서 지낸 적이 많았던 것 같아요.

어머니는 어떻게 생각하세요?

아들에게.

그래, 네 말대로야. 가족이 모두 함께 살았으면 좋았을
텐데. 사실 엄마는 평범한 인생을 동경했어. 자식들에게
부모의 빈자리를 느끼게 했고 나 자신도 힘들었거든.
그러나 강하게 사는 것, 그리고 '여자지만 가정을
책임지는, 남자 같은 삶'이 엄마의 길이었을지 모르겠다.
그렇게 생각하고는 우울해 하거나 자신을 잃지 않고
긍정적으로 살 수 있었지.
네게는 엄마의 약한 모습을 보이고 싶지 않았어. 그런데
이제는 몸도 아프고 허리를 반듯하게 펼 수 없는 나이가
됐구나.

○

'약한 모습을 보이기 싫다.'

그런 어머니의 생활방식이 오히려 파란만장한 삶을 초래한 것인지도 모르겠다. 그러나 어머니의 그런 생각이 우리를 키우는 원동력이 되었다면 감사할 뿐이다. 어머니의 평범한 인생과 맞바꿔 나와 동생이 성장할 수 있었다면 어머니의 아들로 태어난 내가 그 삶의 의미를 다시 음미할 수밖에 없지 않을까.

나의 취직과 미국으로 떠난 동생

1988년 봄.

대학을 졸업한 나는 내정되어 있던 대형 광고제작사를 포기하고, 왜 그랬는지 드라마 제작사를 선택해 취직했다. 광고가 좋다고 생각한 이유는, 당시 광고는 35밀리 필름으로 제작되는 경우가 많았기 때문이다. 필름 제작을 동경했던 나의 어리석은 집착이었다.

그런데 곰곰이 생각해 보니 상품을 팔기 위한 영상에는 이야기를 전하는 요소가 적었다. 그래서 디렉터즈 컴퍼니라는 감독집단 회사의 조감독으로 지원할까 고민했다. 그러나 일본 영화계가 쇠퇴하는 현상을 보니 망설여졌다.

그때 문득 주변을 돌아보니 TV 드라마가 전성기를 맞고 있었다. 열광적으로 영화를 좋아하는 나에게 대중성을 심어주고 싶었다고 하면 조금은 폼이 나겠지만, 사실은 영화만으로 먹고살 수 없으면 의미가 없다는 결론을 내렸다. 그리고 드라마 제작회사에 취직하기로 결정했다.

61

어머니.

제가 취직했을 때 어머니의 기분은 어땠어요?

아들에게.

사회에 첫발을 내딛는 너를 축복했지. 쉽지 않겠지만
네가 좋아하는 분야에서 잘해낼 거라고 믿었다. '만세!
만세!' 소리치고 싶은 기분이었어.

62

어머니.

제 직업에 대해서는 어떻게 생각하셨어요?

아들에게.

사람에게 꿈을 줄 수 있는 일이라고 생각했어. 엄마도
어릴 적부터 아버지 손에 이끌려 집 근처 영화관에 가서

영화를 많이 봤단다. 시대극이나 배우 히다리 사치코의

〈하나오기 선생님과 산타〉(《花荻先生と三太》, 1952년 공개.

시골에 부임한 여교사와 학생들의 유쾌한 일상과 감동을 그린

영화―옮긴이)를 보며 눈물 흘렸지. 내 기억으로 사흘은

울었던 것 같아.

너도 어릴 적부터 감수성이 예민하고 눈물이 많은

아이였어. 상냥하고 자상한 성격이라 네가 만든 작품

곳곳에서 그런 부분을 느낄 수 있지.

63

어머니.

동생이 대학을 졸업하고 얼마 있다가 미국에 갔잖아요.

그때 어머니의 마음은 어땠어요? 저는 '우리 가족은 대체

어디까지 뿔뿔이 흩어져야 하는 걸까' 하고 우울했어요.

그러나 반면에 각자의 인생이 시작되었다고 느꼈죠. 나의

인생과 동생의 인생, 그리고 어머니의 인생도.

아들에게.

네 동생은 그린카드 추첨에 당첨되어(그린카드는 미국에서

발급되는 영주권을 지칭하는 이름이고, 영주권 추첨제도는 미국의
다양성을 확보한다는 차원에서 미국 영주권 취득 의사가 있는 전
세계인을 상대로 추첨을 통해 영주권을 부여하는 제도다—옮긴이)
미국행을 결심했던 것 같아. 취업이 결정되어 직장에도
다녔는데, 미국에 가고 싶은 꿈을 포기하지 못하고 10만
엔이 될까 말까한 돈을 갖고 미국으로 떠났지.
그곳에서 취직하고 결혼하면서 고생은 했겠지만 그
아이가 바랐던 길이니 엄마는 만족한다. 미국으로
떠나기 전에 엄마를 보러 왔었어. 돌아갈 때
미시마역까지 배웅했는데 서로 울면서 헤어졌지.
3년 후, 새아버지가 상인회 추첨에서 여행권에 당첨되어
로스앤젤레스에 갔는데 그건 엄마 인생 최초의
해외여행이었어.
그렇게 헤어져 살아도 내 마음속에는 늘 너희가 있었다.
그것이 가족이야. 그러나 각자의 인생을 살아가는 것
역시 가족이지.

결혼식

64

어머니.

제 결혼 소식을 들었을 때 어떤 기분이었어요?

아들에게.

솔직히 말하면, '벌써 결혼이라고?' 그렇게 생각했다.

조금은 서운했어. 그래도 네가 좋은 배우자를 만나서

안심했다. '앞으로는 너의 아내와 인생을 함께

걸어가겠구나. 부디 행복해라.' 그렇게 빌었다.

65

어머니.

제 결혼식 때 어머니가 가족 대표로 인사를 했는데,

기억하세요? 동생이 노래를 부르고, 제가 외할머니께
선물을 드리면서 큰소리로 울었죠. 그때 가족 대표 인사를
어머니가 하셨던 거죠?

아들에게.
기억하고말고. 네 회사 사장님의 주례 인사가 길었던
것도, 네 동생이 노래를 다 부르자마자 고맙다고 운
것도, 할머니가 "이제 죽어도 여한이 없다"고 기뻐한
것도. 전부 기억나. 외할머니도 벌써 96살이 되셨구나.
늘 딸과 외손자를 보살펴주셨던 분인데.
새아버지가 아니라 나에게 가족 대표로 인사를 부탁했던
건 바로 너였단다. 그때 네가 어떤 마음으로 엄마에게
부탁했는지 엄마는 잘 알고 있었다.

할머니가 된 어머니

66

어머니.

손녀가 태어났을 때 어떤 기분이셨어요?

아들에게.

정말 기뻤지. '나도 이제 할머니가 됐구나.' 그렇게
생각했다.

67

어머니.

할머니가 된다는 것은 어머니에게 어떤 의미였어요?

아들에게.

네가 '아버지'가 된다는 거지.

68
어머니.
제가 아버지가 된다는 것은 어머니께 어떤 의미인가요?

아들에게.
네 가족이 늘고 더불어 책임도 생기는 거지. 지켜야
할 아내와 딸이 있으니까. 그래서 앞으로는 네 인생이
행복하고 즐거울 거라고 생각했다. 그리고 이제 너에게
있어서 가족의 의미는, 엄마와 살면서 느끼지 못한
부분을 채워나가는 것이 되기를 바랐어.

✿

　나도 그렇게 생각했다. 가족의 의미란 무엇일까? 지금껏
내가 경험했던 것과는 다른 것들을 내 아이들에게는 느끼게
해주고 싶었다. 그러나 생각과 달리 나는 매일 일에만 몰두해
지냈다.

영화 〈그렇게 아버지가 된다〉(〈そして父になる〉, 아이가 뒤바뀐 충격적인 사건을 그리면서도 가족에 대해 생각하게 하는 2013년 영화―옮긴이)에서 아버지 역을 연기한 후쿠야마 마사하루처럼 나도 아버지가 되어야 한다. 아버지가 되기 위해서는 나에게도 아버지에 대한 기억이 필요했지만 그건 어쩔 수 없다.

하지만 나에게는 어머니가 있다…. 늘 그렇게 생각하고 살았다. 그만큼 나에게 어머니는 큰 존재였다.

아내의 부재는 어머니의 부재

2015년 봄.

아들이 초등학교에 입학했다. 유치원과는 다른 새로운 공동체에 몸을 던져 거친 파도에 시달리기 시작했다. 공부, 친구, 학원…. 지금껏 경험하지 못했던 새로운 일들이 아들을 덮친다. 그러나 아이는 믿음직하게 흔들리지 않고 새로운 생활에 잘 적응했다.

여름. 영화 개봉을 한 달 앞두고 스핀오프(기존의 영화, 드라마, 게임 등에서 등장인물이나 설정을 가져와 새로 이야기를 만들어 내는 것─옮긴이) 뮤직비디오를 제작하고 있었다. 출연자 중 한 사람에게 감독을 의뢰했는데 그만큼 프로듀서로서 책임도 컸다. 이런저런 준비를 하다 보니 어느새 촬영 날짜가 코앞으로 다가왔다.

어느 날, 감기로 열이 나는 아들을 간병 중이던 아내가 두

통을 호소했다.

"머리가 아파. 그런데 그냥 두통하곤 달라서."

"어떻게 아픈데?"

"뒷머리 안쪽이 아픈데 아주 기분 나쁘게 아파."

"감기가 옮았나?"

"그건 아닌 것 같은데…."

불안한 듯 아내는 말했다.

아들이 조금만 열이 나도 아내는 스트레스를 받는다. 약간의 기침과 미열에도 경련을 일으켰던 그날의 광경이 떠오르는 걸까. 아내에게 아이는 내가 돌볼 테니 누워서 좀 쉬라고 했다.

밤. 아들의 이마에 물수건을 갈아주며 잠든 얼굴을 바라보고 있는데 아내가 일어났다.

"이상해…. 아무래도 병원에 가야겠어."

"지금 병원에 간다고? 시간이 이렇게 됐는데, 내일 가는 게 어때?"

"아니, 왠지 예감이 좋지 않아."

아들의 열이 떨어지지 않은 상태인데도 아내는 자기 혼자 응급실에 가려고 했다.

"당신은 애를 돌봐줘."

결국 딸아이가 엄마를 따라서 근처 대학병원으로 갔다.

아들의 열도 조금씩 떨어지고, 아내는 병원에 간 지 3시간
쯤 지났을 무렵 집으로 돌아왔다.

"뇌혈관에 이상이 있는 것 같대."

"뭐?"

"욕실 청소할 때 느낌이 이상했거든."

"어떻게?"

"뭐랄까, 찌릿하더니 투둑, 하고 터지는 것 같았어."

"뭐라고 해? 그게?"

"당장은 진통제 받아왔고, 내일 검사하러 다시 오래."

그 말을 들은 아들이 벌떡 일어나서 "…엄마!" 하고 아내
품에 안겼다.

다음날, 아들이 학교에 간 사이에 아내는 다시 정밀검사를
받으러 혼자 병원에 갔다. 나는 촬영 준비를 위해 미팅 장소로
향했다.

그리고 일주일 후. 검사 결과를 확인하기 위해 아내와 병
원에 갔다. 머리의 CT 사진을 보여주면서 의사가 설명을 시작
했다.

"뇌동맥해리일 가능성이 있습니다."

처음 듣는 병명이었다. 이것은 뇌혈관 안쪽 내막에 균열이 생겨 혈관 벽이 찢어지는 병으로 운동할 때 목을 잘못 돌려도 일어날 수 있다고 한다. 찢어진 부분에 혹이 생기면 나이가 젊어도 뇌경색이나 구모막하출혈을 일으킬 가능성이 있었다.

"치료에는 몇 가지 방법이 있습니다. 먼저 카테터(요도, 혈관 등에 삽입하는 도관―옮긴이)로 혈관 상태를 볼 필요가 있으니까 검사 예약을 해주세요."

아내가 말한 '안 좋은 예감'이 맞았다. 치료법은 머리를 여는 개두술(두개 내에서의 수술적 처치를 하기 위해 두개를 여는 수술―옮긴이)이 필요하다고 했다. 아내가 이런 지경에 처하다니. 내 딸과 아들의 엄마가 이런 일을 당하다니. 예상도 못한 어두운 현실이 우리집을 덮쳤다.

카테터 검사 예약은 일주일 후, 뮤직비디오 촬영도 일주일 후였다. 일주일 동안 아내는 절대안정을 취해야만 한다. 무리해선 안 된다. 그러나 아내는 자기가 할 일에 대해서는 힘들어도 절대 겉으로 드러내지 않는 타입이다.

"엄마는 머리가 아파서 안정을 취해야 해."

"안정?"

아들은 고개를 갸웃했다.

"그래, 가만히 쉬어야 해. 그러니까 우리가 엄마를 도와주는 게 좋겠지?"

"응."

아들은 고개를 끄덕이고 옆에 누워 있는 엄마를 가만히 쳐다보았다.

카테터 결과에 따라 아내는 입원해서 수술을 하게 될 것이다. 오랜 '엄마의 부재'를 어린 아들이 견딜 수 있을지 무척 걱정됐다. 그 후 일주일 동안 가능한 한 빨리 일을 마치고 집에 돌아와 집안일을 도왔다.

검사 전날 밤, 침대에 누워 아내가 말했다.

"미안해요."

"무슨 소리야?"

"미안해."

아내로서, 엄마로서의 자신의 무력함에 결국 눈물을 터뜨리고 말았다.

"괜찮아. 깨끗이 나을 거야."

"…응."

나는 아내에게 등을 돌리듯 왼쪽으로 돌아누웠다. 나도 모르게 눈물이 흘렀다. 아내이자 엄마인 그녀가 자신의 자리를 위협하는 가장 큰 불안감에 휩싸여 괴로워하고 있었다. 그 모습을 지켜보는 나는 아내의 고통이 모두 내 탓인 것만 같았다.

"미안합니다. 내일 촬영에는 못 나갈 것 같아요."

나는 최대한 이 말을 미뤘던 자신을 질책하며 믿을 만한 스태프들에게 대신 현장을 맡기기로 했다.

다음날, 아내는 입원했다. 전신마취를 하고 넓적다리 안쪽에서 머리까지 혈관을 따라 카테터를 넣는 힘든 검사를 해야 했다. 장시간의 검사를 마치고 아내는 병원에 하루 동안 입원했다.

고작 하루지만 어린 아들에게는 엄마의 빈자리가 크게 느껴질 것이다. 아들과 둘이 병원을 나와서 집에 돌아와 저녁 준비를 하고 함께 밥을 먹었다. 칭얼대거나 울지 않는 아들이 듬직했다.

내가 어릴 적 엄마의 부재는 일하러 나간, 어떤 의미에서는 건강한 엄마의 부재였다. 외롭기는 했지만 머리에서 걱정이 떠나지 않는 불안함은 없었다.

그날 밤은 아들을 씻기면서 "내일 웃는 얼굴로 엄마 데리러 가자"라고 약속하고 일찍 재웠다.

"오늘 촬영, 무사히 끝났습니다."

밤늦은 시간 라인(LINE, 무료 메신저 앱—옮긴이)으로 메시지가 도착했다. 스태프들에게 정말 감사했다.

"수고 많았습니다. 정말 감사합니다."

그렇게 답장을 보냈다. 이번만큼은 정말 모두에게 민폐를 끼쳤다. 집안일은 아내에게 전부 맡겨도 일에서만큼은 끝까지 확인하지 않으면 직성이 풀리지 않는 나는 그간 스스로 '아버지의 부재'를 선택해 왔다.

다음날, 아들이 학교에서 돌아오자마자 같이 병원에 갔다.

병동으로 올라가자 아내는 아무 일 없었다는 듯 소파에 앉아 우리를 기다리고 있었다.

"늦어서 미안해."

"괜찮아, 정산하면 퇴원할 수 있대."

아들이 활짝 웃으며 아내 품에 안겼다.

"왜 그래?"

아내가 내게 물었다. 나는 울고 있었다.

"어머, 당신 우는 거야?"

"정말, 아빠가 우네."

웃으며 엄마를 데리러 가자는 아들과의 약속은 그렇게 내가 깨고 말았다.

아내의 빈자리가 이렇게 크다는 것을 나는 그때 처음 알았다. 평소에는 몰랐던 불안과 긴장을 맛보았다. 팽팽히 당겨졌던 실이 툭, 하는 소리와 함께 끊어져버리는 것 같았다.

"…미안. … 울지 않을게."

아내도 따라 울고 있었다. 아들은 신기한듯 웃으며 우리를 번갈아 보았다.

이제부터가 큰일이다. 카테터 검사 결과를 확인해서 치료에 들어가기 때문이다. 마냥 울고 있을 때가 아니다.

드디어 검사 결과를 확인하는 날이 왔다. 간호사가 아내와 나를 특별 진료실로 안내했다. 카테터로 촬영한 부위의 사진을 보여주었다.

심장이 떨렸다. 결과에 따라 여러 가지 것들을 각오해야만 한다. 집안일도 그렇고, 지금 하고 있는 일도. 그리고 아내의 부재를 받아들여야 한다.

드디어 의사가 입을 뗐다.

"경과를 보죠."

"네?"

아내와 내가 동시에 되물었다.

"서둘러 수술할 필요는 없습니다."

"정말요?"

예상 밖이라는 어조로 다시 되물었다.

의사는 해리된 뇌동맥 부분의 상처를 치료하면서 경과를 지켜보자고 했다.

학교에서 돌아온 아이들에게 엄마의 검사 결과를 말해 주었다. 그동안 담담하게 행동했던 딸이 그제야 마음을 놓고 크게 울음을 터뜨렸다. 이제 우리는 '엄마의 부재'라는 가족의 위기를 극복했다는 생각이 들었다. 그러나 가족인 이상 앞으로도 수많은 어려운 일들이 우리를 찾아올 것이다.

변해버린 동생

69
어머니.
동생이 잠시 귀국한 적이 있었는데 기억하세요?

아들에게.
기억한다. 그 아이는 마음의 상처를 받고 돌아왔어.

70
어머니.
그때 동생은 왜 그렇게 변해버렸을까요? 한번은
그 아이의 친구가 전화를 했었어요. "당신 동생은
조울증입니다"라고. 나는 수화기에 대고 "그럴 리가
없어!"라고 소리쳤죠.

아들에게.

네 동생은 미국에서 지내면서 사람을 믿지 못하는
인간불신에 빠져버린 것 같았어. 그 아이도 이혼을 하고
일거리도 불안정하고, 이런저런 일을 많이 겪었지.

71

어머니.

그때 제가 어머니에게 전화를 걸어 울었던 걸 기억하세요?
우리가 가족이라는 사실을 부정당한 것만 같았어요.
우리가 아무리 떨어져 지내도 가족을 잊은 적은 단 한
번도 없었어요. 그런데 동생이 왜 그렇게 변했나, 억울해서
어른이 된 후 처음으로 어머니 앞에서 울었을 거예요.

아들에게.

동생 일로 네가 마음고생이 심했지. 엄마는 그 아이가
집에 돌아와서 다행이라고 안심했지만 한편으론
앞으로의 그 아이 인생이 걱정되었어.

미국에서 일했던 회사가 망하고 일시적으로 귀국한 동생은 예전의 동생이 아니었다. 조증 상태가 계속되어 기분이 들떠 마구 허세를 부리는 동생에게 짜증을 낸 적도 많았다.

왜 동생이 이렇게 변하고 말았을까? 어머니에게는 직접 말하기 망설여졌다.

어쩌면 동생은 형인 나와 자신을 늘 비교했을지 모른다. 형이 영상을 공부한다면 나는 음악을 하자. 음악이 안 되면 나도 영상을 하자. 그렇게 목표를 정하지 못한 채 미국으로 건너가 결혼과 이혼, 취직난을 겪으면서 동생은 마음의 상처를 안게 되었을 것이다. 이후 '이혼'이라는, 그가 가장 싫어하고 슬퍼했던 단어가 동생에게도 찾아왔다.

어머니는 자신의 삶을 돌아보며 동생의 인생, 어른이 된 아들들의 인생을 걱정했을 것이다.

부모는 언제까지 부모로서 있을 수 있을까. 아마 눈을 감기 전까지 언제나 자식 걱정을 놓지 못할 것이다.

내 안에 싹 텄던 이혼관

72
어머니.
아내가 내 독립을 반대했을 때 딱 한 번 이혼에 대해
상의했는데 기억나세요?

아들에게.
기억난다. 네가 그 말을 꺼냈을 때 반대했지. 자식 둘을
데리고 이혼을 반복했던 나와 그런 엄마 때문에 마음의
상처를 입었을 너희를 생각하면 도저히 찬성할 수
없었다.

73
어머니.

어머니는 이혼을 부정한 거죠? 어머니가 반복했던 이혼을
왜 부정하셨어요?

아들에게.
자식에게만큼은 나와 같은 불행한 일이 일어나지 않기를
바랐어. 그 생각뿐이었다. 나는 '이혼'을 반복하면서 '내
삶은 왜 이럴까, 왜 이런 일을 겪으면서 내 아이들을
힘들게 해야 할까?'라는 생각에 너희에게 너무
미안했었어. 그래서 너의 이혼은 절대 찬성할 수 없었다.

74
어머니.
제가 이혼이란 말을 꺼낸 것이 혹시 어머니의 '피'를
물려받았기 때문이라고 생각하셨어요?

아들에게.
아니다. 그렇게 생각하지는 않아. 살다 보면 이런저런
일을 겪게 되지. 부부 사이는 특히 그래. 용서할 수 있고
참고 견딜 수 있는 일도 시간이 지나면 '내가 왜?' 하고

의문이 들 때가 있어. 지금의 네가 있기까지 너도 얼마나 고생했니. 네 아내도 혼자서 묵묵히 참고 넘어가는 일이 많을 거다. 그런데도 옆에서 묵묵히 너를 지켜주었다고 생각한다.

○

TV 방송국을 다니다 독립을 결심하고 아내에게 상의했을 때 아내는 크게 반대했다. 그러나 나는 꼭 도전하고 싶었다. 딸이 초등학교 고학년이 될 시기였다. '이혼'이라는 단어가 머릿속을 스쳤다. 그때 어머니께 상의했다.

어머니는 나의 말이 아프게 느껴졌을 것이다. 왜냐하면 어머니가 자신의 삶을 선택해 살아오면서 반복했던 잘못된 일을 아들이 또 선택하려 했기 때문이다. 그것은 부모로서 도저히 있을 수 없는 일이었을 것이다.

독립

75

어머니.

제가 39살 때 회사를 나와 독립하겠다고 했을 때 어떤 생각을 하셨어요? 저는 그때 내 안에 있는 어머니를 느꼈어요. 한없이 독립심이 강한 어머니요. 이거야말로 어머니의 '피'를 물려받은 게 아닐까 생각해요.

아들에게.

너라면 할 수 있을 거라고 믿었어. 지금까지 함께해 왔던 사람들의 경쟁자가 되는 길을 선택하다니 대단한 각오를 했구나 생각했지.

글쎄, 엄마의 독립심이 강했을지 모르겠지만 반면에 나 자신의 약점을 알고 있었기 때문에 가능했던 게 아닐까 싶다.

독립한지 10년이 지났어도 열심히 일을 계속하는 네가 대견스럽다.

사람은 강인함만으로는 살아갈 수 없어. 자신의 나약한 점도 알아야 해. 나는 그렇게 생각한다.

첫 효도

76

어머니.

새아버지와 가게를 새로 열었던 때를 기억하세요?

아들에게.

물론 기억하지. 너무 장사가 안 돼서 망했잖니.

77

어머니.

왜 가게를 이전했던 거예요?

아들에게.

가게 주인과의 문제며 주차장 때문에 옥신각신해서

넌더리가 난 새아버지가 다른 장사를 해보자고 했어.
이제 둘 다 나이가 들어서 저녁 장사는 힘들었거든.

78
어머니.
그때 제게 돈을 빌리셨죠. 저는 처음으로 효도할 수
있어서 다른 생각은 전혀 하지 않았어요. 부동산
중계업자가 의심스럽긴 했지만.

아들에게.
지금 생각하면 그때 엄마 생각이 너무 짧았어. 은행이나
국고보조금에서 융자를 받기 어려워서 네게 부탁한 건데
그건 내 실수야. 너무 후회한다.

79
어머니.
그 부동산 중계업자가 우릴 속인 거였죠?

아들에게.

네 말대로야. 그 중계업자가 우리를 속였다.

◦

새아버지와 어머니는 오랫동안 경영한 선술집을 그만 두었다. 원래 양식 주방장이었던 새아버지는 장소를 옮겨 자신의 꿈인 양식 식당을 열고 싶다고 했다. 그래서 독립한지 얼마 안 된 내게 자금 문제로 상의를 했다.

패밀리레스토랑 같은 넓은 실내와 주차장을 가진 그곳은 원래는 도저히 세를 얻을 수 있는 물건이 아니었다. 바로 거기에 함정이 있었다.

그는 드라마나 영화에 흔히 나오는 '멀쩡한' 중계업자였다. 계약 테이블에 앉았을 때 이미 느낌이 좋지 않았고 그 예감은 적중했다. 어머니와 새아버지에게 불리한 내용으로 이루어진 계약이었다.

인생이란 정말 얄궂다. 꿈만 바라보고 좇다 보면 인생이 어긋나버린다. 인생에서 '행복'은 크건 작건 누구에게나 찾아온다. 그것이 나의 첫 효도가 되었다면 나는 그것으로 충분하다고 생각한다.

가족의 빛

80

어머니.

두 분이 가게를 꾸려가는 것이 힘들지 않으셨어요?

아들에게.

둘이 하기에는 벅찼지. 그래도 선술집에서 양식당으로
바꾸고 싶어 했던 새아버지를 기쁘게 해주고 싶었다.
처음에는 그런 생각으로 그 가게를 시작했어. 사실
부부 둘이 꾸려가기에는 버거운 규모였지. 시간제
아르바이트며 주방 일꾼을 쓰지 않을 수 없었어. 하지만
적당한 사람이 없어서 결국 우리 둘만 고생했지.

81

어머니.

왜 새아버지의 말에 동조하셨어요?

아들에게.

사실 좀 더 가게 규모를 줄여야 했어. 나의 독립심과
낭만적인 생각이 초래한 일이었는지도 모르겠다. 그러나
새아버지와 나는 새로운 꿈을 갖고 어떻게든 실현하고
싶었다.

82

어머니.

새아버지가 요리사 일을 할 수 없게 되었을 때
어떠셨어요? 왜 그런 일이 생겼던 거죠?

아들에게.

어느 날, 가게 문을 닫고 집으로 가던 중에 새아버지가
운전하던 차와 트럭이 추돌하는 사고가 일어났다.
트럭이 우리 차를 들이박았지. 그 사고로 새아버지의

왼쪽 팔과 다리에 장애가 남게 되었고 더 이상
프라이팬도 자유롭게 다룰 수 없게 됐어. 요리사로서
제 실력을 발휘할 수 없으니까 음식 맛에도 차이가
나고, 당시 고용했던 요리사도 아버지를 대신해 도울 수
없어서 이래저래 억울한 생각뿐이었지.
새아버지는 자기 인생이 끝났다는 패배감에 우울증으로
몇 번인가 목을 매고 스스로 목숨을 끊으려 했다.
자유롭지 못한 몸과 우울증 악화로 인해 그렇게 가게를
접을 수밖에 없었어.
엄마에게는 그때가 인생에서 가장 힘든 시기였어.
새아버지의 몸이 불편하니까 엄마가 다시 일하게
됐지. 또, 교통사고 보상금을 받지 못하면 빚을 갚을 수
없다는 걸 알고 나고야에 있는 변호사 사무실을 3년이나
쫓아다녔어.

83
어머니.
새아버지는 그 가게를 제게 갚아야 할 빚이라고
생각했나요?

아들에게.

그래, 그렇게 생각했어. 우리는 지금도 그 일을 마음에
두고 있단다.

○

이때, 나는 어머니가 정말 남자 운이 없다고 생각했다. 그
런데도 사람을 사랑하는 어머니를 보며 한편으로는 대단하다
고 느꼈다. 그러나 그 일은 나에게도 영향을 미쳤다. 그 돈은
내가 회사에서 진 빚으로 남았다.

이후 나는 한동안 본가와 거리를 두었다. 지금의 새아버지
에 대해 스스로 경계를 한 것일 수도 있다. 어머니를 '행복하
게 해주겠다'는 남자의 약속은 어디로 가버린 건가. 그렇게 생
각하고 화가 났던 것일지도 모른다.

만나지 못한 2년

84

어머니.

가게를 완전히 접었을 때 기분이 어떠셨어요?

아들에게.

우울증에 걸린 새아버지는 몇 번인가 목을 매려 했고
그때마다 엄마는 너무 힘들었어. 환경을 바꾸는 것이
좋다는 의사의 말에 나도 더 이상은 무리라고 생각해서
가게를 접었다. 부동산 중개업자를 통해 가게를 내놓고,
식재료 도매상과 정리를 하고 가게 리뉴얼을 했던
건축업자에게 지불할 돈을 따져 보니 실제 해결해야 할
돈이 1천만 엔으로는 부족해서 애를 먹었지.
너도 없고, 네 동생도 없어서 그때는 너희 후배인
I군이 많이 도와줬다. 그리고 엄마의 젊을 적 친구가

오카자키에서 찾아와 가게 정리를 도와줬어. 정신적으로
엄마를 많이 위로해 준 친구야.

'아들에게 더 이상 부담을 주고 싶지 않다'는 생각으로
열심히 일했다. 그 무렵 키웠던 애완견 베티도 심적으로
의지가 됐지. 그때는 정말 힘들었어.

마지막으로 가게에 남아 있던 자잘한 짐을 차에 싣고
혼자 운전하며 집에 가는데 눈물이 멈추지 않았다.

85

어머니.

그 후 2년간 서로 만나지 않았는데, 어머니 마음은
어땠어요?

아들에게.

너를 못 보는 것보다 너를 힘들게 한다는 것이 뼈아픈
후회가 됐어. '교통사고만 일어나지 않았어도…' 하는
생각을 수없이 했다. 게다가 사고를 일으킨 상대
운전자는 음주운전이었어. 신호등의 빨간불에 멈춰
있는 우리 차를 뒤에서 들이박았기 때문에 완전히

상대의 과실이지. 지금 생각해도 화가 난다. 악몽 같은
사고였어. 새아버지는 그 사고로 장애를 입어 2급
신체장애자(일본은 장애 종류에 따라 1급부터 6급까지 지정되어
있다. 장애 정도가 가장 심한 것이 1급이다―옮긴이)가 되었지.
왼팔, 손가락, 다리 신경에도 마비가 남아 완치가
어렵다는 진단을 받았다.
변호사에게 의뢰해 소송도 하고 재판도 했는데, 재판까지
3년이나 걸렸지. 새아버지는 가게 문을 닫은 지 3개월
만에 도요타 계열의 경비 회사에 취직해서 둘이서
생활은 해나갈 수 있었다. 5년 후에는 우수사원으로
표창까지 받았어. 그때는 정말 기뻤지.
생각해 보면 엄마의 삶에는 힘든 일들이 참 많았다.
그만큼 너와 네 동생도 힘들게 했겠지.

둘째의 탄생

86

어머니.

첫 손녀가 태어난 지 14년 만에 둘째가 태어났을 때
기분이 어떠셨어요? 그때 저는 아들이라는 존재에 조금
당황했어요. 저는 아버지에 대한 기억이 없잖아요. '이런
내가 앞으로 아들을 어떻게 키워야 할까?' 솔직히 그런
생각이 들었어요.

아들에게.

엄마에게는 네 명의 손자가 있지. 네 아이 둘에 네
동생의 아이 둘. 큰손녀가 태어나고 14년 만에 둘째가
태어나다니 '행복한 가정'이라는 생각을 했다. 정말
기뻤어. 어릴 적의 너를 꼭 빼닮은 귀여운 아기였지. 그
아기를 어떻게 키울까, 걱정할 필요는 없어. 네 피를

이어받은 네 아들이잖니.

너에게 아버지의 추억이 없는 것은 엄마로서 미안한데, 그래도 너는 네 아들의 아버지다. 깊이 생각하지 말고 자연스럽게 대하면 될 거야.

오래 전 앨범을 꺼내봤다. 어린 너와 젊은 엄마가 웃고 있더구나. '아버지, 어머니, 두 분의 외손자가 이렇게 잘 자랐어요.' 사진을 보며 속으로 내 부모님께 그렇게 말했어. 다음에 너에게도 그 사진을 보여주마.

재회

2011년 3월 11일.

악몽 같은 동일본 대지진이 일어났다.

실제로 엄청난 대지진이 발생하기 12시간 전에, 나는 공교롭게도 영화에 들어갈 지진 장면의 야외 촬영을 막 끝낸 참이었다.

그런데 마치 예언처럼 12시간 후, 다음 작업인 연극 리허설장에서 지진이 일어났다. 깜짝 놀라 리허설장 밖으로 뛰어나왔는데 신축 중인 옆 건물이 그대로 나에게 넘어지는 게 아닐까 싶을 만큼 심하게 흔들렸다.

나는 그 후로 한동안 일을 할 수 없었다. 당시 2살인 아들과 고등학생이 된 딸, 아내를 데리고 어머니 집으로 내려가기로 했다. 오랜만의 재회.

그런데 사건이 일어났다.

87

어머니.

지진이 일어나서 가족을 데리고 어머니께 갔었는데
기억하세요?

아들에게.

그래, 생각난다. 가슴 아픈 기억이야. 오랜만에 너희
가족을 만날 수 있었는데….

새아버지와 엄마에게는 머릿속에 완전히 봉인하고 싶은
기억이다.

88

어머니.

그때 악몽과도 같은 사건이 일어났었죠. 옆집 개가
어머니와 함께 있던 작은아이를 덮쳤잖아요. 얼굴
왼쪽 절반이 크게 부어올라 알아볼 수 없을 만큼 크게
다쳤었죠.

그때 저는 밤새 아이를 품에 안고 울면서 맹세했어요.
'이제부터는 아빠가 평생 지켜줄게'라고요.

아들에게.

그때 네 아이를 지켜주지 못한 엄마가 원망스러웠을

거야. 다행이 상처가 크게 남지 않아서 그 기억도 거의

없는 눈치라 조금은 안심했다. 옆집 개 주인도 이런저런

일로 이사를 갔어.

정말 순식간에 벌어진 일이었다. 옆집 개가 쏜살같이

울타리를 뛰어넘어 아이를 향해 달려왔지. 베티도 그

개에게 물린 적이 있는데 그 후로 집밖으로 나온 걸 본

적이 없었어. 내가 방심했어. 미안하다. 엄마에게도 그

사건은 잊고 싶지만 잊을 수 없는 일이야.

89

어머니.

그때 누구를 원망해야 할지 알 수 없었어요. 그러나

어머니를 원망해선 안 된다고 생각했죠. 어머니는

어떠셨어요?

아들에게.

아니야. 내가 원망스러웠을 거야.

지금까지 살아오면서 너와 네 동생은 엄마를 많이
원망했겠지. 그래도 엄마는 내 인생에서 한 순간도
너희를 잊은 적이 없어. 마음과 행동은 일치하지 않지.
마음껏 엄마를 원망해도 돼. 자식의 원망을 살 만한
엄마니까.

아
들
의

발
병

2016년.

아들은 초등학교 2학년이 되었다.

그해 여름, 독립한 후 가장 규모가 큰 작품의 촬영이 시작되었다. 이제 간사이, 간토, 도카이를 도는 야외 촬영으로 두 달 가까이 집을 비우게 된다. 아들이 열성 경련으로 쓰러진 다음부터 촬영으로 집을 비울 때마다 걱정이 앞섰다.

"무슨 일 있으면 바로 전화해."

"알았어. 너무 걱정하지 마요."

아내와 그런 대화를 나누고 장기 촬영에 나섰다. 시대극이지만 위험한 촬영이 적지 않은 액션 작품이기도 하다. 나는 현장에서 사고가 나면 안 된다는 긴장감까지 더해져 현장을 떠나지 않았다. 6월 하순부터 8월 하순까지 이어지는 일이었다. 아무래도 올해는 아들과 함께 여름휴가를 보내는 건 어렵겠다고 생각하며 촬영을 지켜보았다.

"별일 없지?"

"응, 괜찮아."

"애들은?"

아내는 씩씩한 아들의 사진을 자주 휴대전화로 찍어 보내주었다.

"비와코(시가현에 있는 일본 최대의 호수—옮긴이). 엄청 커."

나도 사진을 보낸다.

"예쁘네."

아내의 답장.

"이젠 피아노도 제법 잘 쳐."

아내가 보내준 사진 속에는 금방이라도 울음을 터뜨릴 것
같은 아들의 얼굴이 있었다.

그렇게 아내와 통화를 하고 사진을 주고받던 8월 중순. 슬
슬 촬영도 막바지에 접어들었다.

"우리 아들이 오늘 피아노 학원 갔다가 집에 와서 엄청 울
었어."

"왜?"

"억울했는지…. 친구보다 못 쳐서. 그런데….'

"뭐?"

"집에 와서는 계속 내 옆에 찰싹 달라붙어서 좀처럼 떨어
지질 않네."

"왜 그럴까. 어리광부리는 거 아냐?"

"그런데 애 행동이 조금 이상해서."

"이상하다고?"

"어두운 곳을 무서워 해."

"그야, 어린애니까 그렇지."

"그렇기는 한데…."

"내일 일단 집에 갈 수 있으니까 그때 다시 얘기 해. 걱정 말고 얼른 자."

"알았어."

다음날은 별 생각 없이 촬영에 나갔다. 간토 야외촬영 구역으로 들어왔을 때라서 그날 밤은 아들의 상태를 보기 위해 집에 가기로 했다. 그리고 다음날은 기타간토까지 차를 운전해서 가야 한다.

촬영지에서 집에 돌아오니 아들은 이미 잠들어 있었다. 자는 아이의 모습은 평소와 다르지 않았다. 그러나 아내는 걱정스럽게 말했다.

"혹시 병이 난 게 아닐까?"

"병?"

"내가 조금 알아봤는데 이 나이 때 남자아이가 걸리기 쉬운 병이 있어."

아내가 의심하는 병은 뇌의 발육장애에서 오는 것으로, 자신의 언동을 제어하지 못하는 증상과 강박성장애도 나타난다고 한다.

159

"말도 안 돼."

"잘 때는 아무렇지 않은데…."

나는 자는 아이의 얼굴을 뚫어지게 쳐다보았다.

"여름방학이라 학교도 안 가니까 온종일 집에만 있었거든. 피아노를 못 친다고 내가 야단쳐서 그런 걸까."

"고작 그런 일로?"

"마음이 여린 아이가 그런 병에 걸리기 쉽대. 우리 아이처럼 섬세하고 여린 애가."

아내는 슬픈 듯이 그렇게 말했다.

나는 가만히 아들의 자는 얼굴을 들여다보았다. 확실히 마음이 여리고 상냥한 아이다. 자기보다 남을 먼저 챙긴다. 자기가 한 말이나 행동으로 남에게 상처주지 않았을까, 그런 것만 생각하는 착한 초등학교 2학년 사내아이다. 여덟 살치고는 어른스럽다. 어린아이답지 않게 침착하고 차분하다.

"전문의에게 예약을 했는데, 그게 10월이나 되어야 해."

"괜찮아. 한동안 상태를 지켜보자고. 촬영 끝나면 가족끼리 온천이라도 다녀오자."

그렇게 말하고 다음날 다시 촬영장으로 떠났다. 도호쿠 자동차고속도로를 달리는 내내 아들 생각을 했다.

'정말로 아내가 말한 병에 걸린 것이라면 온천에 간다고 해도 나을 리 없다. 어릴 적부터 보였던 아이의 행동이 병의 징후일 가능성도 있다. 이번 여름방학을 아이와 함께 보냈다면 이렇게 되지 않았을지도 모른다…'

그런 후회와 함께 이 와중에 일을 하러 가고 있는 나에 대한 자책이 교차했다.

존경하는 영국의 영화감독 리처드 커티스는 작품을 세 편 발표하고 은퇴했다. 이유는 이렇다.

"감독을 맡으면 가족과 함께하는 시간을 빼앗긴다. 그래서 앞으로 감독을 하지 않겠다."

본업은 프로듀서지만 나 역시 비슷한 감정을 맛보았다. 혼신의 힘을 다해 작품을 만든다고는 하지만 가족과 함께하는 시간을 빼앗기면서까지 일을 계속할 수는 없다. 그러나 스스로 이 일을 그만둘 수도 없다. 내 회사가 있으니 직원들을 지켜야 하고 작품에 대해 책임을 져야 한다. 그리고 가족을 지켜야 한다.

아들이 태어났을 때, 나는 속으로 맹세했다.

'앞으로는 꼭 네 옆에 있을게.'

나는 아버지로서 얼마나 아들 옆에 있을 수 있을까.

아버지로서의 나

90

어머니.

아버지와의 추억이 없는, 나라는 '아버지'를 어떻게
생각하세요?

아들에게.

가슴 아픈 질문이구나. 자식은 부모의 등을 보며
자란다고 하잖니.

네 아들도 최선을 다해 사는 너를 자랑스러워할 거야.

그런데 멀리서 지켜보는 것도 중요할 때가 있다. 부모가
과보호를 하면 아이는 자립할 수 없어.

아버지와의 추억은 없어도 네가 아이와 좋은 추억을
만들면 된다고 생각한다.

분명 너도 그걸 알고 있을 거야, 그렇지?

91

어머니.

제게 부모님은 어머니뿐이에요. 어머니는 어떻게
생각하세요?

어머니의 재혼과 이혼, 그리고 재혼…, 그건 그때의 어머니
인생 파트너라고 생각합니다. 제 아버지가 아니라 어머니
당신에게 소중한 사람이었죠. 그런 일이 아버지로서 딸과
아들을 어떻게 키워야할지 고민하는 저를 있게 한 거라고
생각해요.

그래서 어머니를 원망하기보다 그 기회를 준 것에
감사하며 두 아이의 아버지로서 열심히 살아야 한다고
결심했어요. 어머니의 삶은 제게 그런 깨달음을
주었습니다.

아들에게.

그래도 너는 외로웠을 거야.

나는 네가 돈이 있든 없든 변함없이 열심히 살아줘서
정말 고맙다. 덕분에 나도 살 수 있었어.

부모와 자식은 어떤 일이 있어도 마음으로 이어져
있다고 믿는다. 네게 감사받을 만한 어미는 아니지만

자식이 성장해 가정을 꾸리고 자신의 한계를 뛰어넘어
사회에서 열심히 일하는 걸 보니 너무 기쁘구나.
세상의 모든 부모는 다 똑같을 거야.

92
어머니.
제가 지금 친아버지를 만나고 싶다면 뭐라고 하실 거예요?

아들에게.
네가 만나고 싶다면 그렇게 하면 돼. 반대하지 않는다.
네 친아버지가 행복하게 살고 있으면 좋겠구나. 너도
벌써 쉰 살에 두 아이의 아버지잖니. 인생에서 미련이
없도록 결론을 내려야 해. 엄마는 괜찮아.

어머니의 병

그날은 드라마의 마지막 촬영이 있는 날이었다.

롯폰기 야외촬영장 밖에서 출연자가 도착하기를 기다리는데 동생으로부터 전화가 왔다.

"형!"

"어, 왜?"

"어머니가 쓰러졌어."

"뭐?"

"어머니가 뇌경색으로 쓰러지셨어."

마침 미국에서 집에 와 있던 동생과 새아버지가 어머니를 병원으로 옮긴 모양이다.

"형, 올 수 있어?"

나는 냉정함을 잃지 않으려고 애를 쓰다가 결국 이렇게 대답했다.

"오늘 드라마 마지막 야외촬영이 있어. 끝까지 남아 있어

야 해"라고. 마음은 당장이라도 어머니가 있는 병원으로 달려
가고 싶었다. 그러나 '촬영 중에는 부모의 임종도 볼 수 없다'
는 것이 이 업계 선배들의 말이다. 어머니가 말했듯이 나는 평
범하지 않은 일을 선택한 것이다. 보고 싶은 사람을 볼 수 없
는 시간이 계속되는 것이 이 직업이라고 이해해 왔다.

그러나 어머니가 너무 걱정되었다. 이후 요코하마로 이동
해 한 장면만 촬영하면 크랭크업이다. 신요코하마역에서 고속
열차로 한 시간 정도면 도요하시에 갈 수 있다. 속으로 어머니
가 무사하기를 계속 기도하면서 촬영 버스에 올라탔다. 도중
에 동생이 문자를 보냈다.

"어머니는 링거를 맞고 주무시고 계셔. 이걸 다 맞으려면
24시간 걸린대."

누구한테든 이야기를 하지 않으면 무너져버릴 것만 같아
트위터에 글을 올렸다.

"어머니가 쓰러졌다. 그러나 촬영은 끝까지 마쳐야 한다."

글을 본 한 스태프가 요코하마 현장에서 내게 말을 걸어주
었다.

"괜찮으세요? 서둘러 가셔야 하는데…."

"괜찮아. 우리 어머니, 강한 분이야."

무슨 생각에 그런 말을 했는지 나도 모르겠다.

하지만 확신했다.

우리 어머니는 강하다고.

93

어머니.

어머니가 뇌경색으로 쓰러졌을 때의 일을 가르쳐주세요.

아들에게.

그해 황금연휴 마지막 날에 네 동생네 식구 셋이 집에
놀러 왔었어. 그때는 아직 일을 하고 있었을 때라
스트레스와 피로로 몸이 힘들었다. 새벽 5시쯤 욕실에서
샤워를 하고 나오는데 갑자기 몸 오른쪽에 마비가
오면서 움직일 수가 없었어. 말도 제대로 못했고.
그걸 본 새아버지가 구급차를 불러서 병원에 갔지.
병원 침대에 누워 몸 오른쪽이 마비된 채 새아버지와
네 동생에게 "미안해, 미안해" 하고 계속 사과한 기억이
난다. 나도 모르게 눈물이 나더구나.
내가 아픈 게 가족에게 부담을 준다는 걸 그때 알았다.
새아버지의 결단으로 나온 지 얼마 안 된 신약을 링거로

맞았어. 경색을 일으킨 혈관 외에 어디 한 곳이라도
노화된 혈관이 있으면 투여해도 혈관이 터져 목숨이
위험하지만 대신 출혈이 없으면 마법의 약처럼 효과가
있다는 그런 약이었지. 24시간 후에 눈을 떴는데
평소처럼 말을 할 수 있었고, 그때 네 얼굴이 보였어.

94
어머니.
촬영 때문에 바로 어머니께 달려가지 못한 아들을 어떻게
생각하세요?

아들에게.
새아버지나 네 동생이나 일로 바쁜 네게 연락하는 걸
주저했을 거야. 그러나 약을 투여한 후, 혹시 혈관이
터져서 출혈이 생기면 목숨을 보장할 수 없다는 의사의
말에 너에게 연락한 것 같다.
엄마는 아들이 와줘서 기뻤어. 너를 어떻게
생각하느냐는 질문은 말도 안 돼. 가족 모두 너의 일과
꿈을 응원하고 성공하길 바랐다. 너는 그걸 어떻게

받아들였니?

95
어머니.
그때 오랜만에 가족이 모였죠. 그날, 가족의 정이랄까
하나로 이어졌다는 느낌을 받았어요. 분명히 어머니가
우리를 모이게 한 거죠?

아들에게.
그때 잠든 상태에서도 기억나는 게 있어. 병원 직원이
너에게 비싼 병원비에 대해 설명했던 거야. 장남이
면회를 한다니까 내친 김에 설명했을지 모르지.
너도 힘든 상황에서 돈 이야기를 해야 한다고
생각하니까 마음이 아팠다. 세상에 돈이 전부는
아니지만 돈이 없으면 살기 힘든 일뿐이라서
억울하더라.
늘 너를 의지해 미안하다. 그래도 재활치료가 잘 끝나
생각보다 빨리 퇴원할 수 있었지. 병원 선생님들도
'기적의 회복력'이라고 놀랐을 정도였어.

지금이야 이렇게 그때를 돌아보며 말할 수 있지만
그건 약 때문만이 아니라 새아버지와 가족이 일으킨
'기적'이라고 생각한다. 덕분에 마비도 없고 예전처럼
지낼 수 있으니 고마울 뿐이야. 정말 고맙다.

◉

크랭크업 다음날. 기차역에서 첫차로 어머니가 계신 도요
하시의 병원으로 향했다.

약은 순조롭게 투여되고 있다고 들었지만 가는 내내 기도
했다. 아내와 아이들도 같은 마음인 듯 아무 말이 없었다. 기
차가 도착하자마자 플랫폼을 달려 계단을 뛰어올라가서 개찰
구를 빠져나와 택시를 탔다.

시민병원에 도착해 어머니가 계신 집중치료실로 직행했
다. 집중치료실 앞 대기실에는 새아버지와 동생네 가족이 기
다리고 있었다.

"형."

"어머니는?"

"…응, 좀 전에 눈 뜨셨어."

"…그래. …다행이다."

집중치료실에는 어른만 들어갈 수 있다고 동생이 말했다.

"당신부터 들어가요."

아내가 말했다. 아이들은 가만히 내 얼굴을 쳐다보았다. 나는 크게 심호흡을 하고 치료실 문을 열어 안으로 들어갔다.

드라마나 영화에서 보는 것처럼 집중치료실 침대에 누워 링거를 맞고 있는 어머니가 눈에 들어왔다.

"어머니…. 미안해요, 늦게 와서."

나는 어머니의 손을 잡았다.

"네가 여기까지 왔구나. 미안해, 미안해."

"어머니가 왜 미안해요."

"미안해, 걱정 끼쳐서."

뇌경색으로 쓰러진 사람이라고는 믿기지 않을 만큼 어머니는 또렷한 발음으로 말했다.

"눈을 뜨니 네가 있네."

어머니가 웃으며 말했다.

"발음도 또렷하고 말씀도 잘하시네요."

"응, 괜찮아. 네가 와줘서 엄마는 괜찮아."

이런 상황에서도 아들에게 걱정을 끼쳐 미안하다는 어머니의 손을 잡은 채 나는 눈물을 흘렸다.

"울지 마. 미안하다. 고맙다. 고마워, 얘야."

어머니도 울고 있었다.

눈물을 참으려고 애를 써도 흐르는 눈물을 어떻게 할 수
없었다.

내가 너무 울어서일까, 어머니가 웃으며 말했다.

"그만 울어. 엄마들은 불사신이잖아. 네 엄마도 그래."

"…네."

"…우리 아들을 힘들게 했네, 엄마가."

나는 엄마 손을 잡은 두 손에 힘을 주었다. 오랜만에 잡은
엄마의 손은 이전보다 더 주름으로 쭈글거렸다.

가

족

의

의

미

"내가 엄마로서 부족했었나? 앞으로 어떻게 해야 할지…."

그렇게 말하며 아내는 울었다.

2016년 10월.

아들의 증상에 대한 의사의 진단은 우리 부부가 사전에 조사했던 것과 크게 다르지 않았다. 옛날에는 엄마의 육아 방식에 원인이 있다고 알려졌던 그 병은 1년 이상 증상이 지속되면 1만 명에 몇 명꼴로 난치병이 된다고 한다. 그러나 지금은 의학적으로 원인이 규명되고 있다. 그런데도 아내는 자신의 육아 방식에 문제가 있었던 게 아닐까 자책했다.

"아냐. 그것과는 관계없어."

나는 얼른 그렇게 말했다. 아내에게는 그렇게 말했지만, '나 자신은 어땠지?', '고대했던 장남을 어떻게 대했나?', '아들을 어떻게 키웠지?' 그런 자문자답을 하면서 여전히 온전한 아버지가 되지 못한 나를 자책했다.

첫아이 때는 아내에게 모든 걸 맡긴 채 일에 몰두했다. 어느새 딸은 대학 졸업을 앞둔 아가씨가 되었다. 중학교 입시 때 여러 학교에 원서를 냈는데 첫 번째 학교에 불합격하고 울고 있던 딸에게 나는 이렇게 말했다.

"억울하니? 억울하면 다음에는 꼭 붙어야지. 그렇게 하려면 어떻게 해야 할까?"

식탁에 차려진 밥과 반찬을 보고 있던 아이는 그대로 일어나 자기 방에 들어가서 한동안 나오지 않았다. 그날 이후 딸은 정말 열심히 공부했다. 나는 다음에 시험 볼 곳이 안정권이라고 생각해서 지원한 제1지망 학교라는 것을 알았던 터라 일부러 아이에게 냉정하게 말했었다.

합격 발표날, 나는 회사 회의실에서 오랜 시간 대본 미팅을 했다. 테이블 위에 놓아두었던 휴대전화의 벨이 울렸다.

"여보세요."

딸이었다.

"…아빠, 붙었어! 붙었어요."

"그래? 정말 잘했어."

"일하는데 미안해요. 아빠도 일 열심히 하세요."

그렇게 말하고 딸은 전화를 끊었다. 회의 중인데도 눈시울이 뜨거워지면서 눈물이 흘렀다.

내가 아버지로서 딸에게 해준 에피소드는 이 정도다.

"일하는데 미안해요."

"일 열심히 하세요."

"일하는 중일 것 같아서…."

그런 말에 기대왔던 나는 아들의 병에도 결국 제대로 마주하지 못했다. 아내가 울면서 했던 말을 부정하는 것 외에 달리

할 수 있는 것이 없었다. 아들의 병은 오랜 시간을 갖고 치료할 수밖에 없다고 한다.

그 '시간'을 어떻게 보내느냐가 중요하다는 정도는 나도 안다. 아니, 그전부터 알고 있었다. 그런 의미에서는 '일벌레'인 나와 '아버지'인 나는 다른 인격으로 분리되어 있었던 건지도 모른다. 꿈과 현실, 일과 가정. 그 사이에서 나는 적당히 상황에 맞게 자신을 만들어냈던 것이 아닐까.

쉰 살이 된 나와 아내는 최근 이런 대화를 자주 한다.

"앞으론 일도 쉬엄쉬엄하는 게 좋겠어요."

"맞아."

"쉬는 것도 중요하니까."

"맞아."

아내의 말에 고개를 끄덕이면서 나는 몽상을 한다. 따뜻한 남쪽 섬 해안가에서 아침부터 저녁까지 아들과 신나게 논다. 모래성을 쌓고 아들의 몸을 모래로 덮어준다. "슬슬 헤엄치러 가자"고 아들을 재촉한다. 파도를 무서워하는 아이에게 "괜찮다"고 다독인 후 한 손에 튜브를 집어 들고 아들의 손을 잡아끈다. 끝없이 펼쳐지는 수평선을 바라보며 "겁내지 마, 아빠가 있잖아" 하고 폼 나는 말도 건넨다. 아들이 품에 안겨 깔깔대며 웃는다. 아들의 웃음에 나도 따라 웃는다. "너무 멀리 가지

마!" 하고 아내가 물가에서 소리친다. 손을 흔들며 아들과 웃어 보인다….

그러나 그것은 인생의 한 장면에 불과하다. 삶이 늘 행복하고 웃을 일만 있는 것은 아니다. 목표를 갖고 노력하고, 좌절하려 해도 최선을 다하고, 엄청난 절망에 고통스러워도 꿋꿋이 버텨 다음을 향해 앞으로 나아가기를 멈추지 않는다. 그렇게 많은 어려움을 극복해 클라이맥스에 도달한다. 이것이 영화 속 주인공이라면 분명 가족이라는 존재도 한 편의 영화처럼 다양한 장면이 이어지면서 클라이맥스에 도달할 것이다.

나는 영화 속에서 다양한 인생을 그렸지만 정작 내 가족의 실상은 완벽하게 그릴 수 없었던 건지도 모른다.

"당신에게 가족이란?"

누가 내게 이렇게 물으면 지금도 확실히 대답할 수 없다. 그러나 함께 인생을 살아가는 것, 그것이 가족이다. 물론 그 과정에서 어떤 일이 일어날지 알 수는 없다. 하지만 가족이기 때문에 어려움을 극복해갈 수 있다. 그리고 그 가족을 이끌어 가는 것은 아버지인 나다.

대답은 간단하다. 아버지가 있고, 어머니가 있고, 아이들이 있다. 그것이 가족이다. 때로 아버지나 어머니 어느 한쪽만 있다고 해도 두려워할 필요는 없다. 아버지 혹은 어머니가 있고 아이가 있다. 그것이 가족임에는 변함이 없다. 만약 아버지도 어머니도 없다면 아이들이 성장해서 아버지, 어머니가 되면 된다. 그렇게 각각의 삶의 장면을 만들고 클라이맥스까지 갈 수 있다.

'가족'은 계속된다.

쉰 살의 나와 일흔 살의 어머니

96

어머니.

어제는 저의 50번째 생일이었어요. 아들이 반세기를
살았는데, 어머니 기분은 어떠세요?

아들에게.

지금까지 열심히 살아줘서 고맙다. 네 꿈을 성공시키고,
가족을 지키고, 회사도 꾸려가는 것이 힘들 거야. 그런데
그것은 너 혼자만의 힘이 아니라 네 아내와 가족, 그리고
주위 사람들의 도움이 있어서 가능했다는 것을 잊지
마라.

97
어머니.
제가 쉰 살이란 건 어머니가 일흔이 되셨다는 의미예요.

아들에게.
늘 젊은 마음으로 살았는데 엄마도 최근에는 부쩍
나이가 느껴진다. 머리 회전도 그렇고, 늙은 몸으로
하루하루 힘 내보려고 애쓰고 있다.

98
어머니.
일흔이 된 지금, 어머니의 인생을 돌아보면 어떤 기분이
드세요?

아들에게.
우여곡절 끝에 지금의 새아버지를 만나 같이 산 지 벌써
36년이 되었다. 내 인생에는 정말 많은 일이 있었지. 한
마디로 표현하기 어려운데 그가 이 나이까지 나와 함께
해줘서 감사한 마음이다.

파란만장한 삶이었어. 엄마 스스로는 강하게 살아왔다고
생각하는데, 역시 인간은 혼자서는 살기 힘들지. 엄마의
인생은 여자의 인생이라기보다 남자의 인생에 더
가까웠어.

여자로서 보물을 얻었다면 그건 두 아들이야. 너희와
셋이서 오붓한 시간을 보내고 싶었다, 단 하루라도.
이건 죽기 전까지 엄마의 꿈이기도 해.

어머니와 나의 미래

99

어머니.

어머니의 미래 모습에 대해 말해 주세요.

아들에게.

나의 미래라…, 우리 아들들은 아직 바쁠 테니 먼저
저 세상으로 떠난 애견, 베티 다음으로 늘 엄마 곁에
있어주는 고양이들, 레디, 텐더, 카라, 마블, 삭스,
스마트, 퀵과 살고 있겠지. 건강이 허락하는 동안에는
나를 필요로 하는 7마리 고양이랑 새아버지와 함께
지내고 싶다.

100

어머니.

드디어 마지막 질문이에요.

어머니는 지금 행복하세요?

아들에게.

그래.

충분히 행복하다.

●

어머니는 '행복하다'고 대답했다. 나는 아직 자신의 미래
를 말하는 어머니에게서 삶의 위대함을 느꼈다.

'누구나 어머니에게서 태어난다.'

그리고 그 어머니들은 멈추지 않는 생명력으로 언제나 자
식들을 생각한다. 언제나 꾸짖고, 걱정하고, 사랑하는 것을 멈
추지 않는다.

그러나 자식은 어머니의 인생을 온전히 알 수는 없다. 여
성으로서 어머니의 삶은 어머니도 아버지도 아닌, 성별을 초
월해 '강하게 사는 인간'으로 비쳐졌다. 문득 아버지가 된 나

자신에게 의문을 품었을 때 그런 어머니의 존재는 "뭘 고민하니? 너는 너야, 그대로 마주하고 살면 된다"고 말해 주는 것 같다.

삶은 녹록하지 않다. 언제든 도망쳐버리고 싶을 정도다. 그러나 어머니는 도망치지 않았다. 끝까지 자신의 인생과 마주했다. 어머니가 말한 100가지 대답 속에서 그런 모습을 볼 수 있었다.

어두운 방공호 안에서 태어난 어머니.
여장부처럼 억척스런 소녀였던 어머니.
눈동자를 반짝거리며 일하는 어머니.
사랑을 하는 어머니.
예쁘게 꾸미고 나의 친아버지를 만났을 때의 어머니.

결혼식을 올리는 어머니.
나를 낳았을 때의 어머니.
아버지의 애인에게 고개를 숙인 어머니.
내가 탄 유치원 버스를 지켜보는 어머니.
뜨개질을 하는 어머니. 재봉질을 하는 어머니.
동생을 업고 일하는 어머니.

수업참관을 마치고 돌아가는 길에 울면서 고갯길을 내려
가는 어머니.

초등학교 교무실에서 머리를 숙인 어머니.

일할 곳이 정해져 기뻐하는 어머니.

빚쟁이에게 머리 숙인 어머니.

전철 창가에서 흔들리는 어머니.

개찰구에서 나와 동생을 찾는 어머니.

사랑으로 고민하는 어머니.

이혼을 결심했을 때의 어머니.

이사 트럭을 타고 흔들리며 가는 어머니.

역 개찰구에서 떠나는 나를 지켜보는 어머니.

순찰차를 타고 가는 어머니.

멀어지는 기차를 하염없이 바라보던 어머니.

소포 박스에 편지를 넣는 어머니.

자신의 가게에서 열심히 일하는 어머니.

병으로 힘들어하는 어머니.

해질녘 나와 나란히 걸었던 어머니.

동생이 떠나갔을 때의 어머니.

나의 결혼식에서 눈물 흘리는 어머니.

첫 손녀의 얼굴을 봤을 때의 어머니.

차 안에서 혼자 우는 어머니.

구급차로 병원에 실려 간 어머니.

집중치료실에 누워 있던 어머니.

미안하다고 사과하는 어머니.

고양이들을 보며 환하게 웃는 어머니.

나는 매순간 어머니를 전부 본 것은 아니다. 그러나 그 한 순간 한 순간이 어머니의 인생을 만들었다.

100가지 질문과 답이 오가고 나서, "고맙습니다"라는 평범한 말밖에 나오지 않았다.

그러나 그전의 "고맙습니다"와는 달라요, 어머니.

어머니, 고맙습니다.

고맙습니다.

고맙습니다.

사람은 누구나 어머니로부터 태어난다.
누구도 그것을 거역할 수는 없다.
그렇게 우리에게는 저마다 어머니가 있다.

'모든 남자는 마마보이'라고 누군가 말했는데,
그렇게 남자들은 평생
어머니와의 연결고리를 찾으며 사는 존재가 아닐까.

어머니에게 보낸 마지막 질문의 답이 도착한지 한 달쯤 지났다.

2016년 12월 29일.

신작 영화의 연내 마지막 회의가 있어서 집을 나서려는데 어머니로부터 전화가 걸려왔다.

"외할머니가 위독하셔. 방금 요양원에서 급하게 연락이 왔다. 갔다 올게."

평소의 밝은 목소리가 아니다. 어머니는 불안한 듯 떨고 있었다.

오늘 회의는 길어질 것이다. 아무 일도 일어나지 않기를 바랐다. 무사히 지나기를 바랐다. 이런 상황에서도 일을 위해 자신을, 자신의 감정을 붙잡아야 하는 것이 괴로웠다. 이런저런 생각이 오갈 때 다시 휴대전화 벨이 울렸다.

"⋯외할머니, 돌아가셨다. 어머니의 마지막을 지키지 못했어. 어머니를 못 봤어, 못 봤어…."

우리 엄마가 떨고 있다…. 직접 차를 운전해 도요하시에서 오카자키로 가던 중이었다고 한다.

어머니는 나의 어머니고, 외할머니는 어머니의 어머니다. 어머니의 말에 이 관계가 집약되어 있었다. 어머니는 오늘 자신을 낳아준 '어머니'를 잃었다.

"…알았어요. 어머니, 조심해서 운전하세요. 외할머니가 기다리실 거예요. 어머니가 오기를 기다리실 거예요."

"…응. 그래, 그렇지…. 나중에 다시 전화할게. 끊는다."

전화를 끊은 순간, 눈물이 쏟아졌다. 눈물은 오열로 바뀌고, 세면대 옆 벽에 머리를 비비면서 큰소리로 울었다. 소중한 무언가를 잃은 순간, 사람은 자신의 감정을 통제할 수 없다. 외할머니의 죽음을 알았는데, 왜 나는 지금 여기에 있는가? 왜 아무렇지도 않게 살아 있을까? 그런 생각이 머릿속과 몸속 구석구석을 돌아 눈물과 오열이 되어 터져 나왔다.

"아빠, 괜찮아?"

아들이 물었다. 그 옆에는 걱정스러운 얼굴의 아내가 서 있었다.

'아빠의 외할머니가 돌아가셨다'란 말은 하지 않았다. '너를 지금 여기 있게 한 소중한 존재, 아빠의 어머니를 낳아주신

분, 그래서 네게도 소중한 사람이 돌아가셨다…' 그건 굳이 말하지 않아도 내 아들은 알 거라고 생각했다. 그렇게 나는 계속 울었다.

연내 마지막 회의가 한창일 때 다시 어머니에게서 전화가 왔다.

"1일이 오쓰야(お通夜, 장례식 전날 밤 가까운 친척이 모여 고인과 함께 하룻밤을 지내는 의식. 최근에는 사망 당일에 하는 경우가 많아졌다─옮긴이), 다음날 2일이 고별식이야."

"네, 알았어요. 어머니, 괜찮으세요?"

"괜찮아. 내가 정신 차려야지. 너는 올 수 있니?"

"당연히 가야죠."

"알았다, 일하는 중일 텐데 미안해."

섣달 그믐날까지 집에 있다가 새로 맞춘 양복을 챙겨들고 설날 아침에 고속열차를 탔다. 도요하시역에서 내려 메이테츠 전철로 갈아타고 히가시오카자키역으로 갔다. 빨간색 전철을 타는 것은 정말 오랜만이다. '차량이 이렇게 좁았나?' 그런 생각을 하면서 내가 태어난 곳과 가까운 히가시오카자키역까지 갔다.

오늘은 집이 아니라 장례식장 근처 야하기가와강 부근에

있는 호텔을 잡았다. 나, 어머니, 그리고 새아버지가 묵을 곳이다. 체크인을 하고 방에서 상복으로 갈아입었다. 택시로 장례식장에 도착하니 어머니와 새아버지가 기다리고 있었다. 제단에는 환하게 웃는 외할머니의 사진이 놓여 있다.

"엄마! 엄마가 예뻐하던 손자가 왔어요."

관 속의 외할머니는 부드럽게 웃는 얼굴로 잠들어계셨다.

오쓰야를 마치고 가족장에 참석해 준 세 명의 친척과 나, 어머니, 새아버지가 호텔 레스토랑에서 식사를 했다. 술의 힘 때문인지 어머니의 굳은 얼굴이 그제야 조금 부드러워졌다.

다음날 아침, 호텔 로비에서 다시 모여 고별식을 위해 장례식장으로 갔다. 화장장에서 마지막 이별을 할 때 어머니는 외할머니의 얼굴을 가만히 보면서 말했다.

"엄마, 감사합니다. 잘 가세요."

흐느끼는 어머니의 모습에 나도 눈물이 흘렀다.

화장장에서 도요하시 집까지는 내가 운전을 했다. 국도로 서서히 저녁 해가 비쳐들기 시작하는 시간대였다.

"어머니, 수고하셨어요."

"너도 애썼다, 설날부터 수고했어."

"괜찮으세요?"

"응."

해가 기운다. 신호등의 신호가 바뀌기를 기다리는데 어머니가 불쑥 말했다.

"할머니가 우리를 모이게 한 거야. 그것도 설날에 딱 맞춰서 배웅받게. 생각할수록 할머니다워서 웃음이 난다."

"맞아요."

"할머니한테는 미안하지만 정말 즐거운 시간이었어."

저녁 해를 받아 어머니가 미소 짓는 것처럼 보인다.

나는 생각했다. 앞으로 얼마나 어머니와 시간을 보낼 수 있을까. 일 때문에 바쁜 나를 배려해 어머니가 만나는 걸 망설인다면 그런 것은 신경 쓰지 말라고 해야지. 나는 당신의 아들이고, 당신은 나의 어머니니까.

시간은 우리의 감정이나 상황과는 상관없이 흘러간다. 살다 보면 어느 순간 그 사실을 깨닫게 된다. 그리고 잔혹하다고 여기거나 혹은 무언가를 그리워하겠지. 그것이 삶이고, 인생이 앞으로 나아가는 과정이다.

신호가 파란불로 바뀌었다.

2008년 12월 31일부터 2009년 1월 1일에 걸쳐 방송된 에프엠 도쿄의 〈가는 해 오는 해〉에서 라디오 드라마의 원작을 쓴 적이 있다. 그때의 일이 계기가 되어 이 책을 내게 되었다.

그때 제목은 〈어머니에게 드리는 7가지 질문〉이었다. 당시 프로듀서인 노부에 히로시와 시부야의 한 선술집에서 만나 어머니에 대한 이야기를 한 것이 시작이었다. 그때는 '〈베티블루〉(장 자끄 베넥스 감독의 로맨스 영화—옮긴이) 같은 어머니'라는 부제를 붙였다. 당시만 해도 나에게 우리 어머니는 '사랑꾼'이라는 이미지가 앞섰기 때문이다.

라디오 드라마도 아들이 태어났을 때부터 시작해서 마지막 질문에 대한 어머니의 대답인 '행복하다'로 끝났다. 내 역할은 이시구로 켄, 어머니 역할은 유키 사오리 씨가 연기해 주었다. 최적의 캐스팅이었다.

"모리야 씨도 지켜보세요"라는 노부에 씨의 호의를 받아들여 녹음 부스를 찾았다. 인사를 나눈 유키 씨가 전부 실화냐고 물어서 그렇다고 했더니 "어머니가 너무 멋있는 분이에요" 하고 칭찬해 주었다.

녹음이 시작되었다. 이시구로 씨의 질문에 대답하는 유키 씨의 온화한 목소리에 눈물이 났다. 원작자가 먼저 울다니…. 그런데 유리창 너머 부스 안을 보니 유키 씨와 이시구로 씨도 눈물을 흘리고 있었다.

원래는 100개였던 질문을 9개로 압축해서 썼는데, 방송 시간 때문에 7개로 줄었다. 어머니는 새아버지에 대한 체면상 집 주차장에 세워둔 차 안에서 혼자 방송을 들었다고 한다. 지극히 개인적인 이야기를 라디오 드라마로 방송하자고 제안해준 노부에 씨에게 감사한다.

그로부터 8년이 지난 2016년.

그때 라디오 드라마를 들었던 애플시드에이전시(일본인 작가 저작권 에이전트 회사—옮긴이)의 우메이 리에 씨가 "그 이야기를 책으로 내고 싶다"고 연락을 해왔다. 나 역시 인생의 한 단락을 마무리하는 쉰 살에 무언가를 남기고 싶었다. 그래서 어머니에게 100가지 질문을 해보자는 생각이 들었다. 7개, 9개로는 부족하다. 8년 동안 늘 그런 아쉬움이 있었다.

이미 몇 권의 책을 출간한 상태였지만 이번에는 나의 인터

뷰가 아니라 내가 직접 어머니의 인터뷰어가 되어 질문장을 보내고 그것에 대한 답을 정리하는 오랜 시간이 걸리는 작업이었다. 일하는 짬짬이 시간을 내어 어머니에게 질문을 보내고 답을 정리하는 중에 출판을 결정해 주었다.

'이런 개인적인 이야기가 책이 되다니!' 하고 기뻐한 것도 잠시, 이번에는 질문과 답뿐 아니라 에세이 형식의 글도 부탁한다는 요구를 받았다. 솔직히 어디까지 쓸 수 있을지 불안했다. 평소에는 각본가에게 이것저것 까다롭게 구는 내가 이번에는 반대로 글을 쓰는 입장이 되었다. 마감일도 있다. 그러나 영화, 드라마 프로듀스를 하지 않을 수는 없다.

쓸 수 있을까? 쓸 수 있을까, 내가?

사실, 후반 대부분은 신기하게 〈프롤로그〉에 나온 장소인 삿포로에서 썼다. 마감일 한 달 전부터 1개월 동안 삿포로에서 영화 촬영을 했다. 8년 전, 아들이 태어났다는 소식을 들은 삿포로에서 8년 후 책을 쓰게 된 것도 인연이라고 생각하면서 호텔방에서 매일 머리를 감싸고 끙끙거렸다.

글을 쓰면서 7개, 9개의 질문으로는 알지 못했던 어머니의 삶이 보이기 시작했다. 오래 품어왔던 '사랑꾼'이라는 어머니의 인상은 순식간에 사라졌다. 주제는 '어머니와 자식'뿐 아니라 '부모란', '가족이란' 하는 범위까지 넓어졌다. 어머니를 상대로 긴 인터뷰를 하면서 가족에 대한 나의 생각도 바뀌었다.

그리고 다른 누구도 쓸 수 없는 책이 되었다고 자부한다. 바꿔 말하면, 이 책이 누구나 쓸 수 있는 '질문과 답'이라는 구성을 한 책으로서의 한 형태가 될 수 있으면 좋겠다.

만약 이 책을 읽는 여러분이 어머니와 아버지에게 묻고 싶은 것이 있으면 100가지가 아니라 해도 나름의 질문을 만들어 보면 어떨까. 미처 몰랐던 부모님의 맨얼굴을 볼 수 있을 것이다. 그리고 그 부모님으로부터 태어난 자신의 '과거'와 '미래'에 대해서도 힌트를 얻을 수 있을 것이다.

이 모든 것에 최초의 계기를 만들어준 나의 아들과 늘 내 곁을 지켜주는 아내와 딸에게 고맙다는 말을 전하고 싶다.

그리고 100가지 질문에 성실하게 대답해 준 어머니, 고맙습니다. 당신의 인생을 글로 쓸 수 있다는 것이 자랑스러워요.

고맙습니다.

아들은 모른다, 어머니의 삶을,
어머니에게 드리는 100가지 질문

초판 1쇄 발행 2018년 6월 27일

지은이 . 모리야 다케시
옮긴이 . 홍성민
외부 기획 . 홍성민

펴낸이 . 김현숙 김현정
펴낸곳 . 공명
출판등록 . 2011년 10월 4일 제25100-2012-000039호
주소 . 121- 904 서울시 마포구 월드컵북로 400, 문화콘텐츠센터 5층 7호.

전화 . 02-3153-1378   팩스 . 02-3153-1377
이메일 . gongmyoung@hanmail.net
블로그 . http://blog.naver.com/gongmyoung1

ISBN 978-89-97870-29-5   03830
책값은 뒤표지에 있습니다.

이 도서의 국립중앙도서관 출판시도서목록(CIP)은 서지정보유통지원시스템
홈페이지(http://seoji.nl.go.kr)와 국가자료공동목록시스템(http://www.nl.go.kr/
kolisnet)에서 이용하실 수 있습니다. (CIP제어번호: CIP2018017455)